在中國歷史上，唐人小說真正開始了小說的創作。

經典3.0
ClassicsNow.net

想像唐朝
唐人小說
The Novels of Tang Dynasty

白行簡 等 原著

江曉原 導讀

侯瑞寧 故事繪圖

他們這麼說這本書
What They Say

插畫：江彬如

小小情事 淒惋欲絕

洪邁
📅 1123 ～ 1202

💬 南宋學者洪邁在《唐人說薈‧凡例》中說到：「唐人小說不可不熟，小小情事，淒惋欲絕，洵有神遇而不自知者，與詩律可稱一代之奇。」他將唐代傳奇和唐詩相提並論，可以說是給唐代傳奇很高的評價。

胡應麟
📅 1551 ～ 1602

💬 明代學者胡應麟認為唐人小說中的《霍小玉傳》在語言運用、氣氛渲染、枝節的穿插等方面，都有其獨特之處。並在《少室山房筆叢》中提到：「唐人小說紀閨閣事，綽有情致，此篇尤為唐人最精采之傳，故傳誦弗衰。」

綽有情致

那是中國 最早的武俠小說

梁羽生
📅 1924 ～ 2009

💬 知名武俠小說家梁羽生曾發表過一篇文章《我與武俠小說的不解緣》。他說道：「在我的少年時代，對我影響最深的武俠小說卻是唐人傳奇，我認為那是中國最早的武俠小說。我是從初中二年級就開始讀唐人傳奇的，這些傳奇送給同班同學他們都不要看，我卻讀得津津有味。」

金庸

 1924 ～

💬 武俠小說家金庸認為：「《虬髯客傳》一文虎虎有生氣，或者可以說是我國武俠小說的鼻祖。」他還說道：「我一直很喜愛這篇文章。高中一年級那年，在浙江麗水碧湖就讀，曾寫過一篇《虬髯客傳的考證和欣賞》。」

《虬髯客傳》一文虎虎有生氣

江曉原

 1955 ～

💬 這本書的導讀者江曉原，現任上海交通大學特聘教授。他非常嚮往大唐盛世，認為閱讀唐人小說，可以讓我們想像唐朝。他說：「我們今天並不能時空旅行，所以不能實際體驗在唐朝的生活，我們只能想像唐朝。那麼我們通過什麼東西來想像？當然詩歌是一個途徑，但是小說提供了另外一個途徑，而且這個途徑不是詩歌能夠替代的。」

可以讓我們想像唐朝

你

 ？

💬 在二十一世紀此刻的你，讀了這本書又有什麼話要說呢？請到classicsnow.net上發表你的讀後感想，並參考我們的「夢想成功」計畫。

你要說些什麼？

書中的一些人物
Book Characters

插畫：江彬如

📅 出自白行簡《李娃傳》

💬 書生鄭元和巧遇名妓李娃，兩人一見鍾情比翼雙飛，後來鄭元和床頭金盡，被鴇母逐出門去，淪為乞丐，一日在風雪中被李娃救起，在李娃的幫助下，鄭生埋頭苦讀，科舉中第，後來迎娶李娃，日後李娃被封為汧國夫人。

崔鶯鶯

李娃

📅 出自元稹《鶯鶯傳》

💬 她和母親寄宿蒲州普救寺，遇到盜賊，幸好同在寺廟住宿的張生幫助他們，逃過了一劫。鶯鶯之母要她見過張生以答謝意，張生一見未能忘情，便託紅娘表達自己的心意，經過一番周折，張生與鶯鶯成其好事。後來張生赴京考試，逐漸拋棄了鶯鶯，兩人各有嫁娶，日後張生意欲再見鶯鶯，鶯鶯則絕不復見矣。

📅 出自李復言《續幽怪錄·定婚店》

💬 韋固少年時投宿宋城南店，遇見月下有一老人，正在讀記載世間男女婚姻的幽冥之書。他告訴韋固將娶賣菜盲婦懷中三歲女孩為妻。韋固不滿女孩長得鄙陋，於是派人刺傷該女，十餘年後韋固娶一女子，正是該年被他刺傷的小孩，這也是月下老人典故的由來。

韋固

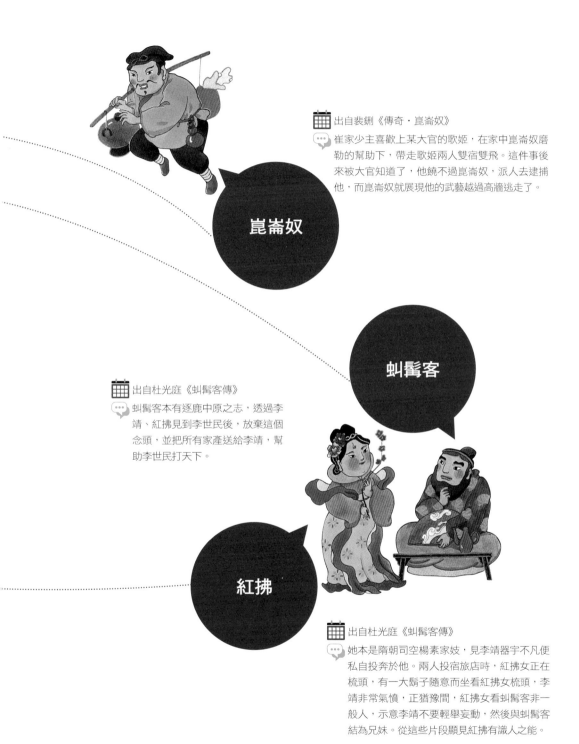

📅 出自裴鉶《傳奇‧崑崙奴》

💬 崔家少主喜歡上某大官的歌姬，在家中崑崙奴磨勒的幫助下，帶走歌姬兩人雙宿雙飛。這件事後來被大官知道了，他饒不過崑崙奴，派人去逮捕他，而崑崙奴就展現他的武藝越過高牆逃走了。

崑崙奴

虬髯客

📅 出自杜光庭《虬髯客傳》

💬 虬髯客本有逐鹿中原之志，透過李靖、紅拂見到李世民後，放棄這個念頭，並把所有家產送給李靖，幫助李世民打天下。

紅拂

📅 出自杜光庭《虬髯客傳》

💬 她本是隋朝司空楊素家妓，見李靖器宇不凡便私自投奔於他。兩人投宿旅店時，紅拂女正在梳頭，有一大鬍子隨意而坐看紅拂女梳頭，李靖非常氣憤，正猶豫間，紅拂女看虬髯客非一般人，示意李靖不要輕舉妄動，然後與虬髯客結為兄妹。從這些片段顯見紅拂有識人之能。

這本書的歷史背景
Time Line

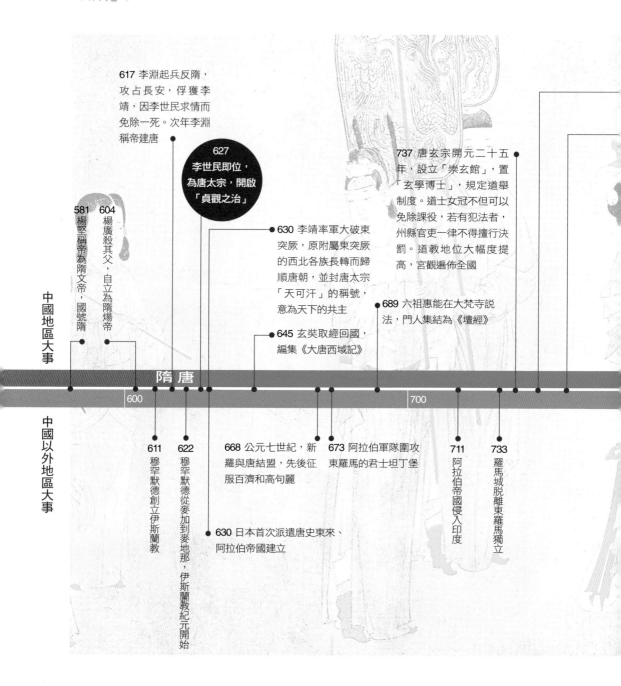

617 李淵起兵反隋，攻占長安，俘獲李靖，因李世民求情而免除一死。次年李淵稱帝建唐

627 李世民即位，為唐太宗，開啟「貞觀之治」

737 唐玄宗開元二十五年，設立「崇玄館」，置「玄學博士」，規定道舉制度。道士女冠不但可以免除課役，若有犯法者，州縣官吏一律不得擅行決罰。道教地位大幅度提高，宮觀遍佈全國

581 楊堅稱帝為隋文帝，國號隋

604 楊廣殺其父，自立為隋煬帝

630 李靖率軍大破東突厥，原附屬東突厥的西北各族長轉而歸順唐朝，並封唐太宗「天可汗」的稱號，意為天下的共主

689 六祖惠能在大梵寺說法，門人集結為《壇經》

645 玄奘取經回國，編集《大唐西域記》

中國地區大事

隋 唐

600

700

中國以外地區大事

611 穆罕默德創立伊斯蘭教

622 穆罕默德從麥加到麥地那，伊斯蘭教紀元開始

668 公元七世紀，新羅與唐結盟，先後征服百濟和高句麗

673 阿拉伯軍隊圍攻東羅馬的君士坦丁堡

711 阿拉伯帝國侵入印度

733 羅馬城脫離東羅馬獨立

630 日本首次派遣唐史東來、阿拉伯帝國建立

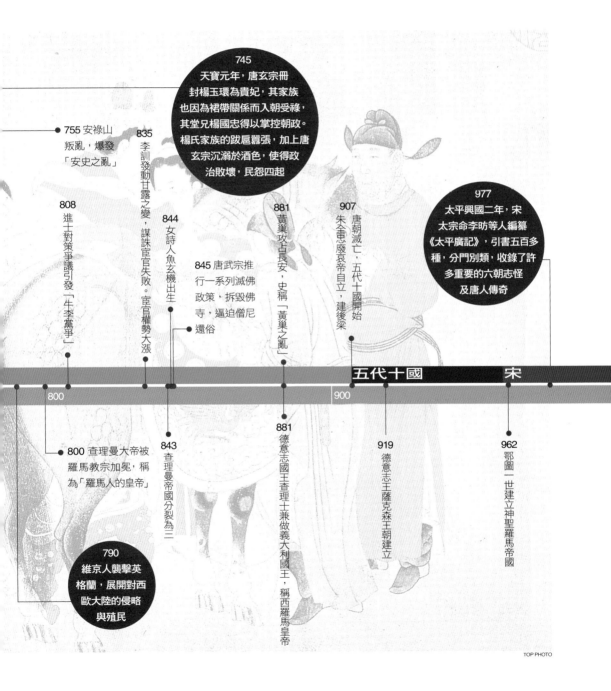

745
天寶元年，唐玄宗冊封楊玉環為貴妃，其家族也因為裙帶關係而入朝受祿，其堂兄楊國忠得以掌控朝政。楊氏家族的跋扈囂張，加上唐玄宗沉溺於酒色，使得政治敗壞，民怨四起

977
太平興國二年，宋太宗命李昉等人編纂《太平廣記》，引書五百多種，分門別類，收錄了許多重要的六朝志怪及唐人傳奇

755 安祿山叛亂，爆發「安史之亂」

835 李訓發動甘露之變，謀誅宦官失敗。宦官權勢大漲

808 進士對策爭議引發「牛李黨爭」

844 女詩人魚玄機出生

845 唐武宗推行一系列滅佛政策，拆毀佛寺，逼迫僧尼還俗

881 黃巢攻占長安，史稱「黃巢之亂」

907 唐朝滅亡，五代十國開始 朱全忠廢哀帝自立，建後梁

五代十國   **宋**

800   **900**

800 查理曼大帝被羅馬教宗加冕，稱為「羅馬人的皇帝」

843 查理曼帝國分裂為三

881 德意志國王查理士兼做義大利國王，稱西羅馬皇帝

919 德意志王薩克森王朝建立

962 鄂圖一世建立神聖羅馬帝國

790
維京人襲擊英格蘭，展開對西歐大陸的侵略與殖民

這些作品的事情
About the Works

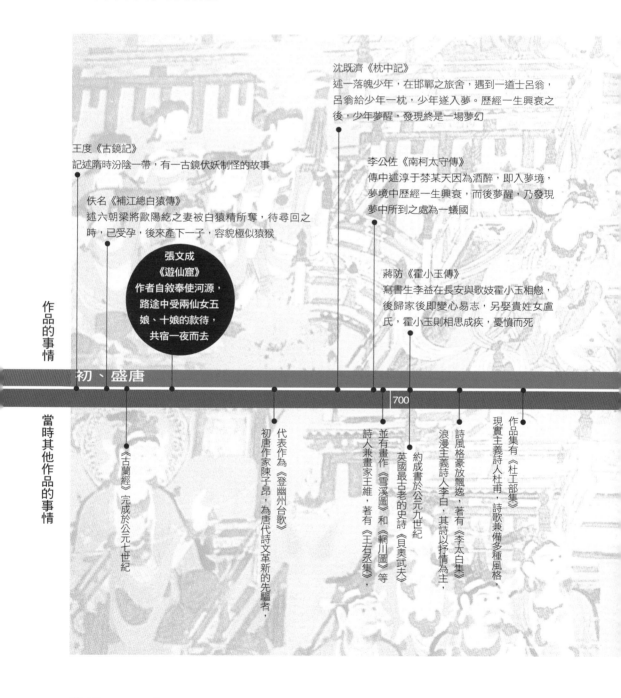

沈既濟《枕中記》
述一落魄少年，在邯鄲之旅舍，遇到一道士呂翁，呂翁給少年一枕，少年遂入夢。歷經一生興衰之後，少年夢醒，發現終是一場夢幻

王度《古鏡記》
記述隋時汾陰一帶，有一古鏡伏妖制怪的故事

李公佐《南柯太守傳》
傳中述淳于棼某天因為酒醉，即入夢境，夢境中歷經一生興衰，而後夢醒，乃發現夢中所到之處為一蟻國

佚名《補江總白猿傳》
述六朝梁將歐陽紇之妻被白猿精所奪，待尋回之時，已受孕，後來產下一子，容貌極似猿猴

張文成
《遊仙窟》
作者自敘奉使河源，
路途中受兩仙女五娘、十娘的款待，
共宿一夜而去

蔣防《霍小玉傳》
寫書生李益在長安與歌妓霍小玉相戀，後歸家後即變心易志，另娶貴姓女盧氏，霍小玉則相思成疾，憂憤而死

作品的事情

初、盛唐

700

當時其他作品的事情

《古蘭經》完成於公元七世紀

代表作為《登幽州台歌》
初唐作家陳子昂，為唐代詩文革新的先驅者，

並有畫作《雪溪圖》和《輞川圖》等
詩人兼畫家王維，著有《王右丞集》，

約成書於公元九世紀
英國最古老的史詩《貝奧武夫》

浪漫主義詩人李白，其詩以抒情為主，
詩風格豪放飄逸，著有《李太白集》

現實主義詩人杜甫，詩歌兼備多種風格
作品集有《杜工部集》

李朝威《柳毅傳》
寫洞庭龍女受到夫家的虐待，被放逐在外牧羊，所幸書生柳毅仗義援助，故事反映出女性受傳統婚姻束縛下的處境

陳鴻《長恨歌傳》
傳中寫貴妃得寵，其兄弟皆得道升天，諷刺當日的裙帶政治，將人民的憤恨心理，表現得相當真切

白行簡《李娃傳》
妓女李娃與滎陽公之子某生的愛情故事，描寫人物有血有肉，引人入勝，且反映了唐代長安繁華複雜的都市生活

裴鉶《崑崙奴傳》
崑崙奴磨勒智勇雙全，為成全少主崔生的愛情，出生入死，終幫得竊取豪門姬妾，成就了少主的愛情

元稹《鶯鶯傳》
寫張生和崔鶯鶯曾經相愛，但最終仍心背棄的故事。由於寫的是才子佳人的戀愛，故深受歷代文人的喜愛。明代王實甫的《西廂記》是根據它演變而來

杜光庭《虯髯客傳》
敘述紅拂與李靖私奔相隨的故事，紅拂、李靖、虯髯客三人形象的描述與刻畫都很精采，情節的曲折與變化，亦十分引人入勝

中唐　　　　　　晚唐

800

900

中唐詩人白居易，代表作有《長恨歌》

作品平易近人，詩歌題材廣泛

以口傳文學形式出現冰島神話傳說《埃達》約從公元九世紀開始

晚唐詩人李商隱，善於描寫和表現細微的感情，代表作有《無題》、《錦瑟》

波斯故事集《一千零一夜》約於公元九世紀出現在阿拉伯

印度著作《薄伽梵往世書》約成書於公元九世紀

這本書要你去旅行的地方
Travel Guide

西安

● 長安西市

是唐長安城的經濟交流中心。西市以販賣日常生活用品為主，商賈雲集，邸店林立，物品琳琅滿目，商業極為繁榮。小說《寺塔記》記載菩提寺出售一根李林甫家的銹釘獲值千萬、《杜子春》記載杜子春以一緡獲錢三百萬等等，都是在這裏交易的。

● 西明寺

位於唐長安城（隋大興城）延康坊西南隅，緊鄰西市，原為隋朝楊素的舊宅，《破鏡重圓》故事中的樂昌公主，就是住在這裏。

● 梨園遺址

中國第一所皇家戲曲音樂學院，因周圍遍植梨樹，所以稱為梨園。唐玄宗在梨園設置教坊，培養樂工和歌舞藝人。公孫大娘、李龜年、雷海青等，都是當時著名的梨園藝人。

● 長安東市

由於靠近三大內、周圍坊里多皇室貴族和達官顯貴宅第，市場經營的商品多上等奢侈品，以滿足皇室貴族和達官顯貴的需要。

● 曲江池

盛唐時期的著名風景區，過去許多皇室階級、貴族仕女、文人進士，在此笙歌畫船，悠遊宴樂。《李娃傳》的主角就是在此遇見名妓李娃。

● 華清池

位於西安驪山腳下北麓，是中國著名的溫泉勝地。唐代建有富麗堂皇的「華清宮」，「華清池」由此得名，唐玄宗與楊貴妃常來此遊樂。

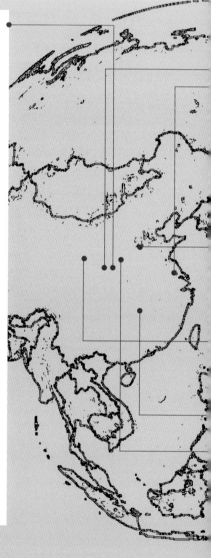

馬嵬坡

● **楊貴妃墓** 位於西安市外的馬嵬坡。據説安史之亂時,楊貴妃在此自縊而死。

邯鄲

● **黃粱夢呂仙祠** 位於河北省邯鄲市黃粱夢鎮,始建於宋代,是依據唐代沈既濟傳奇小説《枕中記》而建,故事中的盧生赴京趕考時,在邯鄲一間小客店發生了奇遇。

普救寺

位於山西永濟市蒲州古城東的峨嵋原頭上。始建於唐武則天時期,《鶯鶯傳》的故事就發生在這裏。

揚州

● **唐槐樹**

在揚州駝鈴巷內,有一棵千年古槐樹,據説就是《南柯太守傳》中,淳于棼醉倒後進入大槐安國的那棵槐樹。

炳靈寺石窟

位於甘肅省積石山大寺溝的崖壁上,開鑿於西晉初年,最早稱為唐述窟,是羌語「鬼窟」之意,後改稱炳靈寺。《遊仙窟》就是以炳靈寺石窟為背景而寫成。

洞庭湖

位於湖南省,古時「雲夢大澤」一部分,為長江最重要的調蓄湖泊。《柳毅傳》的主角柳毅在赴京趕考的路上,遇到龍宮三公主,於是替她傳信到洞庭湖的龍宮去。

目錄 想像唐朝 唐人小說
Contents

封面繪圖：侯瑞寧

02 ── 他們這麼說這本書
　　　 What They Say

04 ── 書中的一些人物
　　　 Book Characters

06 ── 這本書的歷史背景
　　　 Time Line

08 ── 這些作品的事情
　　　 About the Works

10 ── 這本書要你去旅行的地方
　　　 Travel Guide

13 ── **導讀** 江曉原

我們今天並不能時空旅行，所以不能實際體驗在唐朝的生活，我們只能想像唐朝。那麼我們通過什麼東西來想像？當然詩歌是一個途徑，但是小說提供了另外一個途徑，而且這個途徑不是詩歌能夠替代的。

71 ── **故事繪圖** 侯瑞寧

柳毅傳

89 ── **原典選讀**

闔一扉，有娃方憑一雙鬟青衣立，妖姿要妙，絕代未有。生忽見之，不覺停驂久之，徘徊不能去。乃詐墜鞭於地，候其從者，勅取之。累眄於娃，娃回眸凝睇，情甚相慕。竟不敢措辭而去。（選自《李娃傳》）

120 ── 這本書的譜系
　　　　Related Reading

122 ── 延伸的書、音樂、影像
　　　　Books, Audio & Videos

1.0

導讀

江曉原

現任上海交通大學特聘教授、博士生導師、科學史系主任；
研究領域以科學史為主，旁及科學傳播、科學文化、性文化史等。

要看導讀者的演講，請到ClassicsNow.net

唐代社會文化的特色 唐代中國勢力龐大，在文化上的發展也甚有特色。從宗教上來看，世時儒、釋、道三教並盛，兼有回教、祆教、摩尼教等宗教都在中國流布。而陸海交通日趨頻繁，運河、長江的便利，皆直接促進國內經濟與國際貿易的繁榮發展，亦屢屢促成中國與外國文化之間的交流。唐朝是當時的東亞文化代表，因此日本、新羅、吐蕃等國，都曾派人來唐留學，與外來文化相互激盪的結果，使得唐朝的音樂、繪畫、雕刻各方面，都有顯著的進步；而與印度文化的接觸，更是明顯地影響了中國的文學概念。

夢回大唐

前些年有人將一個對法國中學生的社會調查移植到中國來，詢問中國大陸的中學生：如果可以時空旅行，你願意前往哪個時代？結果如下表：

	法國		中國	
	男　%	女　%	男　%	女　%
我們這個時代	42	50	6	2
公元2300年	26	9	41	34
法老時代	13	19	13	22
中世紀	13	9	6	7
路易十四時代／大唐盛世	6	13	34	35

從上面這個表可以看出，在中國大陸，只有約三分之一的中學生願意前往大唐盛世，而更多的男生相信未來會更好。表中資料所反映的中、法少年思想方面的差異，不是這本小書所要討論的事情，我提到這個調查，只是為了告訴讀者：如果讓我來選擇，我毫無疑問會選擇前往大唐盛世——不管是初唐、盛唐、中唐還是晚唐，我都願意去！

不止一次有人問過我，你想生在哪一個朝代？我說我願意生在唐代。這沒有什麼事實根據，純粹是出於我對唐代的喜歡。如果我真的生活在唐代，也許窮困潦倒，也許很幸福，我自己覺得如果生活在唐代我會相當幸福。

因為我老是對唐代有興趣，所以我會關注跟唐代有關的任何東西。上面這張表中顯示，當代法國中學生男生和女生的選擇中，大部分法國中學生願意生活在當下，他們覺得當下很好；未來的公元2300年，願意去的人很少；其次是中世紀、法老時代。路易十四時代是法國興旺發達的時候，可是願意去的人非常少。後來這個調查被人移植到中國，對中國的中學生進行調查，唯一的改變是把路易十四時代換成了大唐盛世，結果發現中國中學生當中最多的人是想到未來去，願意生活在當下的人那麼少，這跟法國學生差別非常人。這完全是因為中國和法國的青少年從小受的教育不一樣，為什

（右圖）唐墓出土的仕女壁畫。兩位仕女一人手執扇子，另一人摟著對方的腰，似乎正在嬉鬧，表現出唐代女性豪放的作風。

唐代寺院不僅是佛門清修之地,同時也具有社會救濟、文化等多種功能。文士和仕女到寺廟遊玩甚至寄宿的事蹟多有所見,所以唐人小說裡有些戲劇性的場景,就是在寺廟裡發生的,如《鶯鶯傳》。

唐代遺留至今的木結構寺廟有南禪寺、佛光寺,都在山西五台山。其中以佛光寺大殿保存最為完整。該寺於公元857年落成,躲過了會昌年間滅佛毀寺之難。大殿本身全是精確的木構,殿內還有唐代佛菩薩塑像數十尊,更珍貴的是拱眼壁上存留著一幅大型的唐代神仙壁畫,色彩明亮又氣勢磅礴,為中國古壁畫的經典之作。

(右上圖)明末出版家吳興閔氏主持刊印的《西廂記》刻本。

(右下圖)山西永濟普救寺。由於元稹的《鶯鶯傳》以普救寺為背景撰寫,因此這裡便成為眾人遙想「張生巧遇崔鶯鶯」的地點。

麼導致只有那麼少的中國孩子願意生活在當下,這是另外一個問題,我們不能在這裏多討論——這跟《唐人小說》無關。唯一有關的是願意去大唐盛世的人畢竟還是能超過三分之一,這讓我感到有興趣。

唐人小說離我們有多遠?

我不知道此刻我面對的讀者構成是什麼樣的,也許你們當中有些人是讀過唐人小說的,但是我所接觸的大部分人沒有讀過唐人小說,而且他們覺得這個東西離我們很遙遠。

到底有多遠?下面我們就來看看:

「紅娘」:這是我能想到的唐人小說在我們今天生活中最最普及的一項,我們今天把替別人介紹對象的人稱為紅娘,這個典故來自唐人小說,當然現在很多人說她要「做紅娘」什麼的,她可能並不知道紅娘來自唐人小說《鶯鶯傳》。

「黃粱夢」:在今天漢語裏還留著這句成語,諸如「黃粱一夢」之類,這也是從唐人小說裏來的。

「倩女離魂」:也許有的人就會想到張國榮、王祖賢的電影,那個電影叫做《倩女幽魂》(注意第三個字不同)。那個電影跟唐人小說沒有直接關係,而是根據《聊齋誌異》裏的故事改編的,當然《聊齋誌異》跟《唐人小說》是有某些血緣聯繫的。在《唐人小說》裏有一篇叫做《離魂記》,然後改編成戲劇《倩女離魂》。

《唐朝豪放女》:這部電影有的人將它歸為色情電影,但它確實是根據一篇《唐人小說》改編的,是唐朝女詩人魚玄機的故事,她把丫鬟殺掉後不得不抵命的故事。所以這個電影確實跟唐人小說有直接的聯繫。

唐代第一流詩人不寫小說

我的一個好朋友問我,唐人小說和詩歌哪個更重要?因為一講到唐朝就想到唐詩。確實,簡單來說,唐代的詩歌遠比

小說更重要。

今天一說到小說，人們肯定覺得小說是最普及的文學形式，詩歌反而變得不重要，今天詩人已經不再是桂冠一樣的名稱，現在詩人好像是一個特倒楣的名稱。幾乎沒有人讀詩，也只有很少人寫詩。人們羞於說自己是一個詩人，但是說自己是暢銷小說作家就非常牛。

但是在唐代，我猜想是相反的，因為在唐代作詩的人遠遠比作小說的人多，讀的人也多。唐代宮女都會作詩，宮女通常是沒有文化的，但是她們中間也有人會作詩，至少留下了她們作詩的故事。所以在唐代，可以肯定地說，詩歌比小說更重要。所以小說在唐代，我們可以看作是第二第三等的東西。

第一流的詩人不寫小說，這一點可以用來支援我上面的論斷。今天如果把大家現在還能知道的唐代第一流詩人的名單看一下，在裏面是找不到小說作者的。好不容易找到一個跟白居易有關的人，但是白居易他自己不寫小說，而是他的弟弟寫小說——他的弟弟白行簡，寫過兩三篇小說，但白行簡絕對不是第一流詩人，只是第一流詩人的兄弟。

所以我們說，唐代第一流的詩人是不寫小說的，我們也不用想像說是不是他們的小說都遺失了。我們可以斷定第一流的詩人是不寫小說的。這樣來看，小說在唐代確實沒有詩歌重要。

但是小說沒有詩歌重要，並不構成我們今天不關心唐人小說的理由。因為我們如果喜歡這個時代的話，我們就要想像它。我們今天並不能時空旅行，所以不能實際體驗在唐朝的生活，我們只能想像唐朝。那麼我們通過什麼東西來想像？當然詩歌是一個途徑，但是小說提供了另外一個途徑，而且這個途徑不是詩歌能夠替代的。

© CORBIS

（上圖）藝妓吟詩圖。日本自遣唐以來，繼承了不少唐代的遺風，而日本藝妓善於吟詩寫作，與唐代開放的女風有著極大的關係。
（右圖）薛濤紀念館的薛濤吟詩壁畫。唐代女風開放，不僅是男性會吟詩作對，就連女性也以文采著稱，唐代女宰相上官婉兒、詩人薛濤即是一例。

（上圖）《明刻傳奇圖像十種》。古代小說由六朝志怪逐漸延伸為唐人小說，到了宋代有《太平廣記》保留這些故事，進而為後代的戲曲小說提供不少題材，《明刻傳奇圖像十種》便收錄了許多由唐人小說改編而來的故事。

（右上圖）古倪園刻本《唐女郎魚玄機詩》

（右下圖）明傳奇《紫釵記》。《紫釵記》為湯顯祖的作品，也是改編唐人小說的《霍小玉傳》而來。

唐人小說的界定和版本

唐人小說的情形比較複雜，需要有所界定。

我們今天所謂的唐人小說，是指由唐代人寫的、按照現代的標準可以看作短篇小說的作品。這樣的作品大概可以找到幾百篇。但是「唐人小說」這個概念的邊界仍然是模糊的，因為有些作品可以算小說也可以不算。

在唐代出現小說之前，已經有一個「志怪小說」的品種，從六朝的志怪小說演變為唐人小說，中間是逐漸過渡演變的，所以沒有一個明顯的分界。

今天能讀到的最好的唐人小說版本，是汪辟疆校錄的《唐人小說》。他把唐人小說各種作品找出來，這些作品的一個重要來源是《太平廣記》。唐人小說中最重要的一些篇章都在《太平廣記》裏出現，汪辟疆把這些找出來；也有一些是在唐人留下的文集中，有些篇章也可以被稱為小說。汪辟疆不僅對這些文本做了校錄，還收集了後來和這個小說有關的材料。所以這個版本比較好。

這部《唐人小說》可以看成是一個唐人小說的選集，但並不是只有入選到這本集子裏的才可以算唐人小說，因為它的界限相對比較模糊。

唐人小說四大主題之一：情愛

唐人小說的第一個主題是情愛。如果說我們要把唐人小說和六朝志怪小說區分開來，那麼這個主題是最重要的指標。六朝志怪小說大量記載的是神仙鬼怪、因果報應，很少有情愛，但是唐人小說絕大部分作品都和我們現代的小說有一個共同之處——通常總得有一個男主角和一個女主角，而且男主角和女主角通常都要發生戀愛，唐人小說各種各樣的作品絕大部分都有這樣的男主角和女主角。在唐人小說裏這一點已經和現代完全接軌。所以這個情愛的主題被我列在第一。

這個主題所涉及的作品實在太多，而且唐人小說在情愛主

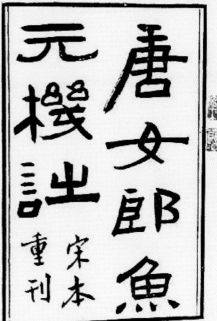

唐女郎魚
元機詩　宋本　重刊

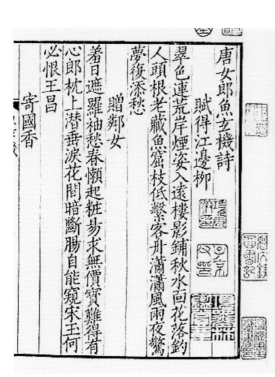

唐女郎魚玄機詩

賦得江邊柳

翠色連荒岸煙姿入遠樓影鋪秋水面花落釣
人頭根老藏魚窟枝低繫客舟蕭蕭風雨夜驚
夢復添愁

贈鄰女

著日遮羅袖春愁懶起粧易求無價寶難得有
心郎枕上潛垂淚花間暗斷腸自能窺宋玉何
必恨王昌

寄國香

濟友　　計局　　邊愁

卷下

銀屏　　還朝　　參幕

裁詩　　猜寄　　勸贅

強婚　　賣叙　　泣玉

撒錢　　醉評　　入夢

選俠　　釵圓　　宣恩

（上圖）日本《遊仙窟》刻本。《遊仙窟》作於唐代開元時期，當時正是遣唐使與中國頻繁交流之際，此書傳入日本後在奈良時期大為風行。
（右圖）日本浮世繪。畫中的武士與藝妓正在尋歡作樂。

題下展示的這些戀愛情景，跟今天的想像有很大的不同。

● 開放的愛情

第一是開放的愛情。唐人在性觀念方面比我們今天還要開放，這個開放不要往貶義上理解，他們的開放，是對有些問題的看法和今天的道德標準有很大距離，而且遠比我們現在開放。舉一些作品為例：

比如《遊仙窟》，這篇作品比較特殊，它在中國大陸失傳，但是因為當時它的作者在日本和朝鮮備受歡迎，享有盛譽，所以日本人把《遊仙窟》買回去在日本流傳，到了近代重新返傳回來。魯迅和他的日本友人對《遊仙窟》有著非常濃烈的興趣。1926年川島在魯迅協助下，將全文重新校訂、標點，由北新書局於1929年初印行。這個以日本刻本的插圖作為封面的排印本可算大有來頭——前面有魯迅寫的序，封面由錢玄同題簽。周作人也寫過一篇《夜讀抄》來談《遊仙窟》。為這樣一篇色情文藝作品，三位現在文化史上的大人物次第出場，堪稱「化色情為學術」的著名個案。

唐代保存至今的色情文藝作品的極品，目前只發現了兩種，它們也是目前所見中國最早的色情文藝作品：一種是白居易的弟弟白行簡所寫的《天地陰陽交歡大樂賦》殘卷，另一種就是張文成所作的傳奇小說《遊仙窟》。這篇色情文藝名篇，確實可以說是性感之至！但是一千三百多年的歷史，又使它顯得那麼古雅、那麼神秘。

《遊仙窟》的主人公，他用第一人稱——「下官」——自述旅途中在一處「神仙窟」中的豔遇。五嫂、十娘都是美麗而善解風情的女子，她們熱情招待「下官」，三人相互用詩歌酬答調情，那些詩歌都是提示、詠歎戀情和性愛的。因為性交、作愛之類的事畢竟不像別的事物那樣宜於直白說出，所以不免要發展出許多隱語，這些隱語又進一步發展成謎語，而且往往採用詩歌的形式，成為色情文藝中一個特殊品種。

23

且看《遊仙窟》中的例子：

自憐膠漆重，相思意不窮；
可惜尖頭物，終日在皮中。（下官詠刀子）
數捻皮應緩，頻磨快轉多；
渠今拔出後，空鞘欲如何！（十娘詠鞘）

誰都能看出來，這對男女表面上是詠削水果的刀子，實際上是在説男女性器及其交合。後來在晚明的民間色情歌謠中，這種形式被大量使用。

接著那「下官」就逐漸提出要求：先是要求牽十娘的素手，説是「但當把手子，寸斬亦甘心」，十娘假意推拒，但五嫂卻勸她同意。「下官」和十娘牽手之後，又向十娘要求「暫借可憐腰」（摟住可愛的腰肢）。摟住纖腰之後，又要索吻，「若為得口子，餘事不承望」。而接吻之後，那浪子「下官」當然就要得隴望蜀，提出進一步的請求，但是未等他明説，十娘已經用「素手曾經捉，纖腰又被將，即今輸口子，餘事可平章」之句，暗示既已經接過吻，別的事情都可以商量。

隨著五嫂不斷從旁撮合，「下官」與十娘的調情漸入佳境，他「夜深情急，透死忘生」，「忍心不得」，「腹裏癲狂，心中沸亂」，最後「夜久更深，情急意密」，終於與十娘共效雲雨之歡。文中描述二人歡合情景：

花容滿面，香風裂鼻。心去無人制，情來不自禁。插手紅褌，交腳翠被。兩唇對口，一臂支頭。

這是中國文學作品中直接描寫男女性行為的最早段落，時間約在公元700年稍前一點。若與明代那些色情小説中對性愛的描寫相比，《遊仙窟》這一段已是含蓄之至了，它主要是將男女調情的過程詳細描繪渲染，造成很大的煽情效果。

（右圖）古代挑情圖

25

唐代的女道士 又稱為女冠，有來自社會各階層的婦女，上自公主妃嬪，下至民間婦女。由於每人出身皆不同，在修行方式和生活上也各異其趣，然而與當時一般婦女相比較，這些女冠是相當具有獨特性和開放性的階層，也發展出唐代多姿多采的生活文化面向。其中有些變相的女冠，帶有娼妓的性質，詩人親近這些女冠，不僅因為她們多半通曉文墨，可相互吟詩唱和，另一方面自然也有一親芳澤之意。

第二天一早，「下官」就含情脈脈地和兩個女子告別了。用今天的話說，這是一個一夜情的故事。但作者對一夜情沒有任何批判，而是採取唯美主義、自然主義的方式，描繪得非常美好動人。

有一夜情當然就要有婚外戀，唐人小說中這樣的作品也很多。比如《李章武傳》，只能算是唐人小說中的二流作品，講男主角跟房東兒媳的戀愛故事。又如《馮燕傳》中的婚外戀，兩個軍官，其中一個軍官和另一個軍官的太太有了婚外戀，最後鬧到兇殺——這篇作品是我們的文學史中都有意或無意忽視的，而且這篇作品我本人特別喜歡，所以後面我會詳細分析這篇作品，作為唐人小説的個案。

還可以提到《綠翹》，它之所以有名，是因為涉及唐代著名女道士魚玄機。唐代的女道士是一個非常曖昧的身分，有些人用難聽的辭彙，説女道士就是妓女，這樣的説法太粗暴。唐代的女道士，其實經常扮演著一些文藝沙龍女主人的角色。比如以魚玄機為例，魚玄機作為唐代女詩人有一些名氣。她整天就是接待各種著名的文士之類，她和那些文士們保持著浪漫的關係。當然她會和一些文士發生戀愛，也可以説有點類似交際花一樣。總之這些女道士是那個時代受過最多教育、文學藝術修養最高的女性。魚玄機留下了一些詩，現在我們能找到她的詩集，裏面篇章不多，《綠翹》裏列舉了魚玄機當時著名的一些詩句，但是她最好的詩句沒有列入——我覺得應該是「易求無價寶，難得有心郎」。

● **門第的影響**

在唐代有一種社會風氣，就是很講究門第，名門家族出身的人受到尊重。一般男性踏上仕途應科舉然後做官，這些人有一個基本的套路，就是一旦進士及第開始做官，就會有人作媒，讓這位進士娶那些高門女子，而這些男的也願意這樣做，因為娶了高門女子就會構成仕途上直接或者間接的支援。

（右圖）清 改琦《元機詩意圖》
這是改琦繪唐代女詩人魚玄機的像。

TOP PHOTO

（上圖）日本浮世繪。藝妓正
在梳裝打扮、攬鏡自照。
（右圖）西安出土唐墓壁畫中
的紅衣舞伎圖。

這樣一來，一方面男女婚姻要講門第，但是另一方面，
你想在唐朝，那麼開放，有很多非常浪漫的男女交往，所以
經常會出現這樣的情況：有的男性在富貴之前跟等級低的女
子交往，然後等到他發跡做了官，就又另娶高門，這就像陳
世美的故事了。所以這樣的事情在很多唐人小說作品裏有反
映。

白行簡的《李娃傳》，按我的標準是唐人小說中最好的幾
篇之一，它講的就是這個問題。鄭公子出自名門，他和一個
妓女李娃戀愛，他和李娃有許多悲歡離合的故事，由於李娃
的表現實在太突出，所以最後居然被鄭公子的家族接受，鄭
公子正式娶了這位妓女。而且後來鄭公子做了大官，李娃還
被封了汧國夫人，這樣的例子很少見。

元稹的《鶯鶯傳》則是悲劇，最後崔鶯鶯嫁了別人，張生
也另娶了別的女子。「紅娘」的典故就是從這裏來的。在小
說裏崔鶯鶯和母親寄居在一個佛寺裏，有人認為這不像高門
之女。當然崔鶯鶯的門第到底多高，僅僅根據《鶯鶯傳》不
足以考證。《鶯鶯傳》的後身就是著名的《西廂記》，改成了
大團圓的結局，「願普天下有情的都成了眷屬」。

蔣防的《霍小玉傳》是許多文學史著作中喜歡提到的，
但是在我的評價標準中只能算是二流作品。這個霍小玉就
是身分比較低的女子，她和貴公子李益戀愛，後來李益變
了心不願意娶她。這篇小說中有一個情節特別說明門第
的影響：霍小玉和李益熱戀時對他說，我今年十八歲，
你二十二歲，我知道你將來一定會娶高門第的女子，就算
你三十而立吧，你三十歲娶高門第的女子，我只希望能從
你二十二歲到三十歲，和你一起生活八年，這樣我就心滿
意足了。但是這個李益剛開始時對霍小玉說，哪有這樣事
情？我就是要娶你做夫人的，但事實上只過了很短時間，
好像一年不到，就躲著不見霍小玉，最後霍小玉悲憤而
死。

29

唐代長安城約有一百零八個坊。坊四周築有坊牆，大都開四個坊門。里坊有嚴格的管理制度，日出開坊門，日落時擊鼓閉坊門。在皇城東南與西南，分別設置東市和西市。東市因為距離皇宮較近，周圍里坊多皇親國戚，所以販售較多奢侈品，比較類似國內市場。西市距離唐代長安絲綢之路起點遠門較近，所以較多外國商人開設的店鋪，比較接近國際性市場。唐代妓女集中的平康里就位於東市邊上，而著名的遊覽勝地曲江則位於長安南城牆東側。（編輯部）

（右圖）唐 周昉《揮扇仕女圖》（局部）
唐代婦女的形象，不單可由唐人小說《霍小玉傳》、《鶯鶯傳》中看出，從唐代繪畫如《揮扇仕女圖》、《簪花仕女圖》等，也可見唐代仕女的衣著樣貌。

●「發乎情止乎禮」的境界

古人有「發乎情止乎禮」之說，我們都知道這在男女交往中是很理想的境界。有人說男女之間，要麼做情人，要麼做愛人，要麼成陌路，你想發乎情止乎禮是很難做到的事情，在當代中國仍然是這樣。但是沈既濟的小說《任氏傳》中，就有這樣的事情。

任氏是一個美麗的狐狸精，被一個姓鄭的公子所愛，後來鄭公子知道她是狐狸精後，仍然愛她，他們同居生活。鄭公子有一個哥兒們叫韋九，他們兩個經常在一起鬼混，有一次韋九對任氏起了非禮的念頭，任氏是弱女子，努力抗拒眼看就要支持不住了，這時候任氏就哭了，她對韋九說，鄭公子太可憐，因為沒有錢沒有權勢，現在連自己的女人也保護不住了。任氏這一哭倒把韋九的心哭軟了，他就停了手。此後韋九改用另一種方式去愛任氏——他不斷地資助任氏和鄭公子，任氏也知道韋九愛著自己，但是他們兩個人就保持著發乎情止乎禮的狀態，此後他們三個人就這樣友好地相處著。這種情形在我們今天的現實生活中，應該是非常少見的。

唐人小說四大主題之二：鬼神

我們再來看第二個主題——「鬼神」。這個主題比較大，為了追求形式上的一致，我不得不只用「鬼神」兩個字，我們姑且用這兩個字來概括。這個主題下面還可以分成若干次級主題。

可以這樣說，在唐人小說所反映的唐人的精神世界中，肯定是沒有唯物主義的，在那個世界裏有鬼魂、神仙、狐狸精、猿猴精、妖怪等等，這些東西都和人相處在一個世界中。而且比較令我感到奇怪的是，唐人小說中所有這些鬼神精怪，大部分對人都是友善的，只有少數對人不好。也就是說，這些超自然的力量對人是友善的。

如果單獨討論某一篇作品，將它拿出來談，說這裏有一個狐

唐代樂舞群俑。唐代樂舞興
盛，就連官方也設置了不少樂
舞機構，如教坊、梨園等，都
集結了大批的樂舞藝人，並發
展出兼容漢樂與西域優雅的唐
代樂曲。由唐墓中出土的許多
樂舞俑，可以想見當時樂舞之
興盛。

北京故宮博物院

狸精，那你可能看不出什麼問題，但是如果將這些作品比照起來看，你就會發現，唐人小說中的鬼神世界有兩個特點：第一是這個世界很豐富，第二是鬼神精怪能夠和人和睦相處。這第二點我覺得至少是比較特殊的，所以值得特別提出。

在這個主題下我們可以找到很多作品，因為很多作品本身不只是一個主題，它們互相之間有聯繫，也有重合，因此有些作品會橫跨下面的分類。

● 鬼魂

在《霍小玉傳》中，霍小玉最後因李益變心憂憤而死，臨死她詛咒李益說：我就是死了也不會讓你好過。後來李益先後娶了三個太太，每娶一個他都懷疑太太紅杏出牆，夫妻始終無法和睦安寧。霍小玉是唐人小說中少數對人不友好的鬼魂例子——但這是李益負心在先，不能怪霍小玉的。

在陳玄祐的《離魂記》中，我們就看到對人非常友善的鬼魂。《離魂記》說一對男女戀愛了，無奈未來的丈人不同意，男孩子只好離開了。不料走到半路女孩子追上來，說要和他私奔，於是這對小鴛鴦遠走他鄉，過著相親相愛的幸福生活。過了幾年女孩子想家了，說要回去求老爸原諒。於是他們回到家鄉，男主角讓女孩子等在門外，他自己去見老丈人，對他說：我那時候因為深愛令嫒，所以和她私奔了，現在想求得您的諒解。他老丈人說：你胡說什麼呀？我女兒一直在家，你走以後她就一直臥病在床！結果兩個女主角相見了，倏然合而為一，老丈人看到這樣一幕，當然立刻就原諒他們了。在這個故事中出現了鬼魂，鬼魂可以陪著男主角私奔。

在李景亮的《李章武傳》裏，李章武和房東兒媳有了婚外戀情，後來和兒媳的鬼魂也發生了很纏綿的故事。

● 神

神在唐人小說中出現的不多，最典型的是李復言編《續幽

（右圖）唐　周昉《揮扇仕女圖》（局部）
唐人小說中有相當多關於文人與仕女的描繪，從《揮扇仕女圖》中，可以想見唐代文人與仕女交往的情景。

怪錄》中的《定婚店》。

一個叫韋固的大齡青年，找對象十年沒有結果，十分著急，到處相親。有一天凌晨，在一個旅店裏意外遇到了神——專司人間婚姻的月下老人——他向月下老人探問自己的婚姻前景，月下老人告訴他還早著呢，「你妻子現在才三歲。」韋固問妻子此時在何處，月下老人說就是旅店北面賣菜攤販瞎眼陳婆的女兒。韋固和月下老人一同去到陳婆那裏，一看那小女孩醜陋不堪，韋固大怒道：「我殺了她行不行？」月下老人說：「此女命中注定要因你而享富貴，怎麼殺得了啊？」月下老人說罷就不見了。

韋固回家，命家奴帶刀入市，去將陳婆的女兒殺死，獎賞萬錢。家奴領命而去，向小女孩刺了一刀，回來覆命。

此後過了十幾年，韋固多方求親，始終無法成功。直到他做了相州參軍，相州刺史王泰命他掌管司法，十分欣賞他的才能，就將女兒嫁給了他。妻子「容色華麗」，韋固覺得幸福極了。只是妻子眉間總是貼著一個花飾，連洗澡時都不肯拿下來，韋固感到奇怪，問其原因，妻子乃痛說家史：她本是官員之女，父親死在任上，母親兄長不久也都去世，她由乳母陳婆帶大。三歲時曾被狂徒在眉心刺了一刀，幸好未死，眉心留下了刀疤，所以用花飾遮掩。後來她叔叔做了官，認她做了女兒。韋固聽了，感歎不已，告訴妻子，那狂徒就是自己指使的。因為他將事情原原本本講給妻子聽了，也就得到了諒解。

這韋固的故事其實我並不喜歡，因為韋固太兇殘了。但故事中的神對人倒是友善的。

不過這裏還有一些問題可以思考。

例如，知道「前定」之事的神，其實就是西方人所謂的「先知」。一個人如果到過未來，那他回到現在就成為先知；類似的，如果他從現在回到過去，那他在那個時空裏也必成為先知。《定婚店》故事中的先知就是月下老人。如果有一

（上圖）陝西法門寺出土的唐代繪彩菩薩舍利塔。
（右圖）宋 李嵩《骷髏幻戲圖》
畫中一名骷髏席地而坐，用懸絲操縱著一個小骷髏玩偶。「懸絲傀儡」是宋代民間的娛樂演出，畫家以骷髏來操縱另一個小骷髏，或許有興嘆人生無常、命運正如骷髏操縱之意。

天，人類實現了真正可操作的時空旅行，那麼「先知」就將成為一種現實，而且一點也不神秘了。

又如，一旦實現了時空旅行，通過在「現在」的努力能不能改變未來？或者通過在「過去」的努力能不能改變現在？在《定婚店》的故事中，韋固無論怎樣努力都無濟於事，這正對應了現代物理學家認為時空旅行中「不能改變歷史」這一派的意見。

● 仙

唐人小說中關於仙最有名的篇章，是裴鉶所編《傳奇》中的《裴航》。中國人將美國電影*Waterloo Bridge*譯成《魂斷藍橋》，就是用了《裴航》中的典故，來自其中的一首詩：

一飲瓊漿百感生，玄霜搗盡見雲英，
藍橋便是神仙窟，何必崎嶇上玉京？

《裴航》的故事說，裴航在船上遇見一位美女，深為愛慕，就向美女表達，美女告訴他自己是有夫婿的，不能接受他的美意，就贈了他上面這首詩為別。裴航不明詩中含義，怏怏離去。後來他經過一個名叫「藍橋」的驛站，在那裏邂逅了一位名叫「雲英」的美女，使他彷彿有點理解上面這首詩的寓意了。雲英的姥姥告訴裴航，你要幫我找到一件寶物才能娶雲英，這件寶物是一副玉製成的杵臼。裴航雲遊四方終於找到了玉杵臼，並不惜一切代價將它買下來，送到藍橋驛站。雲英的姥姥驚歎道：「有如此信士乎！」就將美麗的雲英嫁給他。裴航必須找到玉杵臼才可娶到美人的情節，跟現今電腦遊戲中常見的尋找寶物的設計可以說是異曲同工。

裴航娶的這個美女雲英，其實是一個仙女，他在舟中遇到的美女是雲英的姐姐，當然也是仙女。婚後，雲英不僅讓裴航幸福無邊，而且讓他也「超為上仙」，從此長生不老。

裴鉶《傳奇》中還有一篇《陶尹二君》，寫陶、尹二人入山，偶遇一對秦朝遺民夫婦，告訴他們自己當年四次用「奇計」逃脫暴政危難，後來入山隱居，食柏子、松脂而獲得長生的故事。也是「遇仙」類型的故事，但與《裴航》的故事相比就太平淡了。

● 狐

在唐人小說的這個主題裏還有狐。狐狸精出現最多的是在

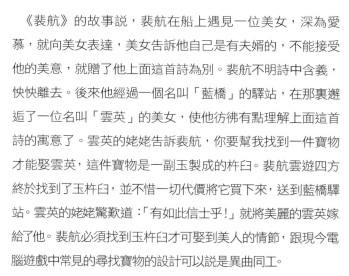
TOP PHOTO

（上圖）符籙。符籙是符和籙的合稱，古人認為符籙可以驅使鬼神。
（右圖）明 戴進《鍾馗夜遊圖》
畫中鍾馗出巡，小妖伴隨兩側，可見古人對於妖怪的想像。

《聊齋誌異》裏，但實際上唐人小說中狐狸精已經出現了，而且跟《聊齋誌異》的大部分狐狸精一樣是非常善良的。以前毛澤東就曾說《聊齋誌異》裏的狐狸精「可善良了」，唐人小說裏這些狐狸精也是善良的。最典型的例子就是上一個主題中提過的《任氏傳》，美麗的任氏其實是一個狐狸精，鄭公子後來知道她是狐狸精，但仍舊深深愛她，和她同居生活。任氏對鄭公子也是傾心相愛。

在後世的狐狸精故事中，狐狸精通常具備兩個共同特點：一是美麗迷人，二是具有預知未來的能力。而《任氏傳》中的任氏已經具備了這兩個特點。後來鄭公子去外地為官，要帶任氏同行赴任，任氏卻不肯，她說自己此去有兇險。經不住鄭公子一再懇求，任氏勉強同行，路上終於被獵犬追殺而死。

● 猿

這個主題下面還有猿精。在唐人小說裏，猿猴可以成精，然後可以變化成男性，也可以變化成女性。

沒有作者姓名的《補江總白猿傳》，雖是唐人小說中的早期作品，細節卻非常豐富。故事的時代被設定為南朝的梁朝。這個故事中的白猿精化身為一個偉丈夫，這個偉丈夫文武全才，而且藝術修養極高，但他又是一個採花大盜，他將許多美女搶到他隱居的神仙洞府中，與她們朝歡暮樂，盡享無窮艷福。最後有一個美女的丈夫歐陽紇，在自己太太被搶走之後不依不饒苦苦追尋，終於找到了白猿隱居的那個洞府，在其他被擄女子的幫助下，將白猿精殺死。此時他太太已經懷上了白猿的孩子，白猿臨終勸歐陽紇留下這個孩子，因為這個孩子將為歐陽家族帶來榮耀。歐陽紇聽從了白猿的建議。

據故事中的描述，那些被白猿搶來的女子，在白猿洞府中的生活其實並不痛苦。

裴鉶《傳奇》中的《孫恪》一篇，則剛好與《補江總白猿傳》形成某種對文——孫恪遇到的猿精化身為一個美麗的女

（右圖）葛飾北齋畫《紂王妃九尾狐妲己圖》。妲己是中國傳說中最有名的狐仙，但妲己本身是帶著覆滅殷朝的使命，因此與唐傳奇中美麗善良的狐仙不同。

殷の娘妃
いん
だっき

子，嫁給他後還為他生了兩個孩子。後來辭別孫恪，回歸原形入山而去。

● 妖怪

唐人小說中也有妖怪，比如裴鉶《傳奇》中的《韋自東》篇。韋自東是一個俠客，他有勇氣，於是替人除妖。這個殺妖的故事乏善可陳，這裏只是聊備一格而已。

● 玄幻

「玄幻」當然不是唐人小說中會出現的辭彙，這裏只是姑且借用。沈既濟的《枕中記》和李公佐的《南柯太守傳》，都是唐人小說中給後世留下了著名典故的作品。

《枕中記》比較短，故事風格保留著那種比較清新比較硬朗的感覺。故事中那個枕頭的作用，在我們今天看來，似乎很接近於玩電腦遊戲的虛擬實境設備——你戴上一個什麼頭盔、視鏡，進入遊戲空間裏。在那個遊戲空間裏，你所經歷的悲歡離合，或許也會對你有一些安慰或者啟發？

《南柯太守傳》是一個類似的故事，樹上的螞蟻窩也是一個大千世界，男主人公進去之後，經歷了另一番悲歡離合。

唐人小說四大主題之三：俠義

我們要談的第三個主題是「俠義」。

金庸曾經為他的武俠小說找到了一些唐人小說裏的篇章作為先聲。但是我認為，在唐人小說中的「俠」和「義」，似乎應該分開來看，為什麼？因為我覺得這兩者之間似乎有一點差別。

所謂「俠」，按照金庸等新派武俠小說給我們留下的印象，就是在法律之外伸張正義的力量，同時他們還擁有超能力（武功）。

至於「義」，我覺得在唐人小說中，最典型的體現是在

（右上圖）據傳《枕中記》的故事發生於河北邯鄲，後人便在此建呂仙祠與盧生殿，紀念這段故事。
（右下圖）呂仙祠盧生殿內，酣睡的盧生石雕。

43

崑崙一詞，在中國古代除指崑崙山外，還指黑色的東西。唐人沿用此義將黑色皮膚的人統稱為崑崙人。這些黑人大都來自於南洋諸島和非洲地區，大多數是被販運到唐朝的，至中土後，有些鑽研歌舞技藝，供人娛樂；有些則為奴僕，供人役使，故時人稱其為崑崙奴。唐朝時的長安是一座國際化大都市，各個國家、各種膚色的人在路上行走並不足為奇。當時流傳的一句話，叫做崑崙奴、新羅婢。新羅的婢女受過專業訓練，乖巧能幹；而崑崙奴則個個健壯如牛，卻性情溫和，又耿直踏實，深受許多豪門貴族的喜愛。

（右圖）唐代崑崙奴陶俑。

《馮燕傳》上——我在後面會專門來談這篇《馮燕傳》。

我們先結合具體作品來分析唐人小説中的「俠」。

● **《崑崙奴》**

在唐人小説中，關於「俠」最有名的那篇是裴鉶《傳奇》中的《崑崙奴》——它就是金庸為自己的武俠小説找到的先聲之一。其實在這篇作品中，人們更關注的是超能力。崑崙奴並不能算真正意義上的俠客，但他確實具有超能力。

這個故事説，某大官要他兒子去問候另一個生病的大官。這孩子是個英俊少年，結果問候時，和大官身邊美麗的侍妾產生了好感，侍妾向少年暗示了一些意思。少年回去後整天想念這個侍妾，想不明白她那個手語是什麼意思。後來少年的家奴崑崙奴説我能解釋，她是要你十五月圓之夜前去約會。結果崑崙奴把他送到那個庭院，那侍妾果然虛掩著門在等他。最後崑崙奴帶領這對戀人逃走，讓他們到外面隱居起來。

過了兩年，這個美女放鬆了警惕，就開始到外面遊玩，不巧被大官的家奴發現了，向大官告發。結果大官的處理很有趣，他把同事的兒子叫來，追問有沒有這個事情，少年不承認，大官跟他這麼説：這個事情都起源於我的妾不好，但是她已經侍候你兩年了，我看就算了（不追究了）；但是你那個家奴太可惡，我不會放過他。於是就派了五十名士兵去抓這個崑崙奴，崑崙奴當場展現他的超能力（後世武俠小説中「高來高去」的輕功），飛越重重高牆逃走了。

這個故事，其實談不到什麼俠。崑崙奴在故事中的所作所為，似乎也上升不到「伸張正義」的道德高度。但是很多人特別喜歡這篇小説，他們對這篇小説津津樂道。或許他們主要是著眼於小説中的那種浪漫情懷。

● **《聶隱娘》**

裴鉶《傳奇》中的《聶隱娘》，看上去要更武俠一點。

聶隱娘是一個女刺客，她從小被神秘尼姑帶走，培養成具有超級武功的女殺手。那個時候是晚唐時代，藩鎮割據越演越烈，各個藩鎮的節度使互相攻殺，擴充地盤。聶隱娘就是其中一個節度使豢養的刺客。有一天她主人派她去行刺另一個節度使，由於那個節度使防範高明，聶隱娘去了沒有完成任務，但她卻發現那個節度使更好，於是她反叛到那個節度使手下，此後轉而為他服務──還是殺人。

在這個故事中也談不到什麼伸張正義，注重的仍然是超能力。至於聶隱娘的反叛，雖然藩鎮割據相互攻殺近於「春秋無義戰」，但從「士為知己者死」的標準來看，在武俠的江湖世界中倒也無可厚非。

●《柳氏傳》

許堯佐的《柳氏傳》，男主角是一個姓韓的書生，他和一個大官友善，又是大官的某一個妾柳氏看中了他，於是大官就把柳氏送給他。但是韓公子和柳氏過了幾年幸福生活之後，遇到了戰亂，兩人失散。等到韓公子再回到長安尋找柳氏，發現已被一個名叫沙叱利的武將搶走了。因為那個武將有戰功，韓公子不敢找這個武將理論，只好自己整天長吁短歎。

有一次在酒席上，別人都在把酒言歡，只有他一人向隅，默默想念愛人。酒席上有一個俠士許俊問他，你這麼不高興，是不是有什麼事兒？韓公子說我的愛人被別人搶走，誰知許俊說：我現在就替你搶回來。他對眾人說：你們先喝著，我去去就來。

許俊單騎闖到沙叱利那裏，找到柳氏，將她搶上就走，酒席沒散，他就把美女送回韓公子身邊了。雖然大家驚歎，但是韓公子擔心沙叱利會來找他算帳。這時候韓公子的上司──當然是一個大官──居然站出來，向皇帝上奏，說這個武將沙叱利竟然把我屬下的愛人奪走，現在我另一個屬下激於義憤，又把她奪回來了，希望皇上定奪。他想用這種方

（右圖）清 任頤《公孫大娘舞劍圖》
圖中畫的是唐代著名舞伎公孫大娘舞劍的景象。公孫大娘，唐開元年間人，以擅長之舞劍著名。畫作很能表現公孫大娘舞劍時的俠義之氣。

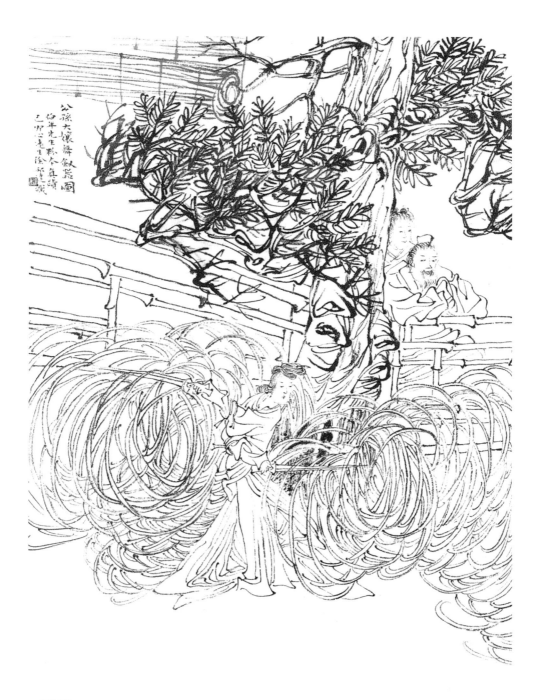

式讓美女回歸韓公子身邊的現狀合法化。結果皇上的命令是非常有趣的，皇上裁定說：這個美女就歸韓公子，因為本來就是他的妻子。但是武將沙吒利不但沒有受到任何懲處，反而被皇上賜錢兩百萬作為補償。

在這個故事中，幫韓公子把柳氏奪回來的人，俠士許俊，和挺身而出為他們說話的上司，就確實有那麼一點俠了。

這個故事還給後世留下了一個典故「沙吒利」，用來指倚權仗勢奪走寒士愛人的壞蛋。雖然這個典故未能在現代漢語中沿用下來，但它在唐代以後直到清代的文人筆下，還是一個大家都熟悉的典故。

● **《虯髯客傳》**

杜光庭的《虯髯客傳》，是唐人小說中非常有名的篇章。這個故事中的楊素實有其人，是隋末的權臣。這個楊素非常慷慨，不止一次將自己的侍妾送給別人。在《虯髯客傳》故事中的這個侍妾紅拂是自己逃走的。人們後來習慣把紅拂說成是俠客。這實際上可以說又是一個婚外情的故事，又是一個喜新厭舊的故事（年輕貌美的紅拂厭倦了「尸居餘氣」的老頭楊素，喜歡上了英年有為的李靖），這樣的故事叫做俠義，恐怕今天很多人會不贊成，但是古代確實有不少人這樣認為。

這個故事還有後面一層俠，就是故事中的虯髯客，他本來是想來爭（中國的）天下的，後來看到李靖，看到李世民之後，讚歎李世民「真天子也」，就主動退讓了。這樣的行為是不是可以被稱為俠，在今天看來也是可以討論的。但是古人是這樣認為的，他們把紅拂和虯髯客都稱為俠。

唐人小說四大主題之四：政治

當我們看到唐人小說中絕大部分的作品都已經覆蓋在情愛、鬼神和俠義之下的時候，似乎會覺得唐人小說和今天的現實脫離得很遠。按照我們現在所受的教育灌輸給我們的觀

（右圖）清 任頤《風塵三俠圖》
畫中虯髯客初見紅拂，紅拂正在梳頭。

念，文學作品似乎總得有一個反映時代的方面。其實在唐人小説裏，一定要找這樣的方面，也還是能找到的。

比如陳鴻的《東城老父傳》，可以説是那個時候的「宏大敘事」。這篇小説採用了某種類似傳記的形式。這個東城老父是唐玄宗時代的一個弄臣，唐玄宗愛鬥雞，招納了五百小兒來管理他的那些雞，而東城老父是這五百小兒的首領——因為他特別能夠號令那些雞。他居然靠這個職位謀得了富貴，晚年則出了家。整個小説的形式，是他出家之後的晚年

TOP PHOTO

（上圖）元 錢選《貴妃上馬圖》（局部）
此卷繪的是唐玄宗與楊貴妃上馬的情形。玄宗騎照夜白，側面望著貴妃，貴妃身旁則有兩名侍女協助，顯得嬌弱與慵懶。
（右圖）日本屏障畫《風流陣圖》，畫家不詳。畫中描繪的是唐玄宗的後宮風流，宮女們每人手中都揮舞著花枝，而在後方端坐賞樂的則是楊貴妃。

接受一個人的訪談，就好像今天接受媒體訪談的形式。東城老父回憶自己一生所經歷的種種事情，他在敘述這些事情的時候，順便對唐代的政治有所議論。所以這裏面既沒有情愛，也沒有鬼神，也沒有俠義。

陳鴻還寫了《長恨歌傳》。用現代的説法，我們可以説這篇作品就是白居易長篇敘事詩《長恨歌》的「歷史導讀」，敘述唐玄宗和楊貴妃的故事。這裏我將它歸入政治主題之下，因為它確實反映了那段時期的政局變化。

唐人小説中最特殊、也是最富政治意義的作品，恐怕要數

51

西安出土唐墓壁畫中的士兵
圖。圖中可見士兵拿著儀刀
（長刀）。儀刀環手，有明顯
呈菱形刀擋，且因作為皇家御
用軍隊和侍衛的重要兵器，刀
形較長。
TOP PHOTO

韋瓘的《周秦行紀》了。這篇小說結構有點類似前面談到的《遊仙窟》，也是旅途中經過一處神秘所在（薄太后廟），得到美女招待。不過這次不是風流多情的五嫂十娘，而居然是歷代后妃——計有漢文帝的母親薄太后、漢高祖的戚夫人、漢元帝的王昭君、唐玄宗的楊貴妃、北齊東昏侯的潘淑妃等。這些歷代后妃陪作者喝酒，最後竟是王昭君侍寢。

如果僅僅將上述情節理解為文人的遐想或意淫，那就未免小看這篇作品了。事實上這很可能是一篇對政敵進行政治陷害的小說，用心頗為險惡。當時正值晚唐的「牛李黨爭」，雙方都想讓自己在皇帝面前得寵，而把對方整下去。《周秦行紀》以牛黨首領牛僧孺的第一人稱自述來展開，其中最引人注目的一處是，薄太后問現在誰在當皇帝，牛僧孺回答是「先帝長子」，楊貴妃笑道：「沈婆兒作天子也，大奇！」這句用來陷害牛僧孺的話立刻被李黨抓住大作文章，李黨首領李德裕撰《〈周秦行紀〉論》，指控說：「（牛僧孺）以身與帝王后妃冥遇，欲證其身非人臣相也。……及至戲德宗為『沈婆兒』，以代宗皇后為『沈婆』，令人骨戰。可謂無禮於其君甚矣！」這簡直就是唐代的「大批判」啊。

關於這篇作品的真實作者，汪辟疆同意前人的判斷，認為是出於李德裕門人韋瓘之手，故將它歸入韋瓘名下。

有《周秦行紀》這樣一篇作品支撐，唐人小說中的「政治」主題就應該不難成立了。

上述四大主題，基本上覆蓋了唐人小說中的絕大部分作品。當然，如果我們一定要找出第五、第六個主題來，也未必找不出，因為主題這種概念是非常人為、非常主觀的。

唐人小說對後世文學的影響

關於唐人小說對後世的文學影響，有幾點：

第一，在中國歷史上，唐人小說真正開始了小說的創作。我們現在實際上是按照現代西方文學的理解來使用「小說」

TOP PHOTO

（上圖）河西寶卷殘本。
（右圖）寶卷是由唐代變文與宋代講經發展而成的民間說唱的活動，在河西走廊一帶非常盛行。由於寶卷是承襲敦煌變文而來，因此從寶卷的內容與形式都可略窺唐代民間文學的模樣。

夫子痛哭在家中　忽听门外有人声

却說：那日沈員外使家人,前去讨那張家巷口,請你那張姑爺来我家中,家人正去走了,不多一時来到,沈家的门首,進门走到前庭上,只見姑爺怀抱的孩子痛哭不知何意,施礼以畢,便說姑爺我家爺是如此成他二人同过去,不多時来到了沈家门首,沈請你过府,匯云說正合我意,我过府合他回礼,既然員外迎接在客亭,施礼以畢,飲酒既,杯眼中流泪說昌說张姐夫為落泪,有什么烦心之事对岳父說来我听說張匯云欠身而赵,忙施一礼,便說,岳父大人,莫怪小婿,龍...正是：

這個辭彙——儘管這個辭彙是我們古代就有的。我們覺得被稱為小說的作品總得有一個故事，有情節，有人物性格，有對社會狀況的描繪等等，這樣的東西我們才稱為小說。在唐代之前，六朝志怪小說已經不少，但那些東西都比較短，內容都是神奇鬼怪因果報應之類，這類作品最初是佛教的普及宣傳讀物。但是到了唐人小說，確實反映出作者主觀上想要創作文藝作品的傾向，這些作品中，我們看到有很多篇章符合我們今天對小說的定義，所以我們稱之為短篇小說確實是名副其實的。

第二，從另一個角度來看，從六朝志怪到《聊齋誌異》，在中國古代文言小說的傳統中，唐人小說起的作用非常大。明、清兩代文言小說的作品很多，並不是只有《聊齋誌異》，只不過《聊齋誌異》名氣最大。如果將《聊齋誌異》跟唐人小說比較，我們會發現有很多作品非常相像——無論語言、意境、結構，老實說我覺得這兩者是可以混淆的。如果我們找那些並不很熟悉唐人小說和《聊齋誌異》的人做測驗，比如說我們把這兩者的作品篇章混合在一起，要他辨認出哪個是唐人小說哪個是《聊齋誌異》，我估計有不少篇章會被辨認錯，因為兩者有時非常相像。

第三，色情文藝在中國是有傳統的，我們看到最早的是《遊仙窟》。這裏又得說到白行簡了，白行簡除了寫《李娃傳》之外，還有一篇著名作品叫做《天地陰陽交歡大樂賦》，失傳了很久，後來在敦煌卷子中發現了它的殘篇（據我推測大約殘缺了三分之一）。那篇作品是署名作品，署了白行簡的真名。寫社會上各階層人物的性交狀況，從帝王的一直寫到窮人的，五花八門，用浮華的文辭，描述不同階層夫婦間的性生活細節和場景。這個作品的年份比《遊仙窟》大約晚一百年。再往後，在明、清時代，有大量色情小說留傳下來，但是那些色情小說越來越沒有美感。而在唐代的《遊仙窟》和《天地陰陽交歡大樂賦》這兩個作品裏，我個

（右圖）戴胡帽的騎馬仕女。

北京故宮博物院

（上圖）唐代胡人武官俑。
（右圖）唐開元十一年駝載歌樂俑。

人覺得，還是有美感的。所以在中國的色情文藝傳統上，我們不能不承認，唐人小説也有開先河的作品。

第四，也許是最明顯的，是唐人小説對後世戲劇文學的影響。唐人小説中的很多篇章都被元、明、清三代的戲劇所吸取，它們都是從唐人小説的故事衍生出來編成戲劇的。較著名的如元代王實甫《西廂記》、白樸《梧桐雨》、明代湯顯祖的《紫釵記》、《南柯記》、《邯鄲記》、清代洪昇的《長生殿》等等。這裏不妨以《西廂記》作為代表來談一談。

1979年，我正在南京大學天文系讀二年級，學的是天體物理專業。但是我一貫有不務正業的毛病，那時我首次從汪辟疆校錄的《唐人小説》中讀到了《鶯鶯傳》，不過當時吸引我的主要內容，卻是其中的《河南元稹亦續生會真詩三十韻》，那是一首非常工穩的長篇五言排律，在唐人作品中也不多見的。詩中「低鬟蟬影動，迴步玉塵蒙」、「眉黛羞偏聚，唇朱暖更融」這樣的意境，已經令我擊節欷賞；而「汗流珠點點，髮亂綠蔥蔥」、「衣香猶染麝，枕膩尚殘紅」這樣的香豔，也讓我喜歡；結尾處「海闊誠難渡，天高不易沖。行雲無處所，簫史在樓中」幾句，意境高遠，更是讓人吟誦不絕於口。

有了這樣的鋪墊，等我看到王實甫的《西廂記》時，自然一口氣就看完了第一遍。當時我就能將其中許多段落背誦下來，竟不用看第二遍——可惜的是，我似乎只是對香豔作品才有這樣好的記憶力。而當我吟誦著「怎當他臨去秋波那一轉！……春光在眼前，爭奈玉人不見，將一座梵王宮疑是武陵源」這樣旖旎的詞句時，那些枯燥的天體物理學公式早就被忘到腦後去了！那時我被《西廂記》迷得神魂顛倒。從「王西廂」到「董西廂」，再到趙德麟《商調蝶戀花》，我盡力收集一切和《西廂記》有關的材料，甚至對元稹的豔詩也情有獨鍾起來——因為其中有「閑讀道書慵未起，水晶簾下看梳頭」、「憶得雙文衫子薄，鈿頭雲映褪紅酥」之類被認

為與《西廂記》的故事藍本《鶯鶯傳》有關的篇章，而《鶯鶯傳》又被認為是元稹的某種自傳內容。

後來我發現，其實《西廂記》不僅僅是一部元雜劇，它可以作為中國古典文學一個非常獨特的切入點，從這裏進去，唐人小說、唐詩、宋詞、元雜劇，一氣貫穿。元雜劇中取材於唐人小說的當然還有，但是崔鶯鶯的故事太迷人了，從這個故事中獲取資源的創作活動持續了好幾百年。更何況《西廂記》文辭之高華優美，幾乎登峰造極，而與它有關的材料，也無不香豔旖旎之至。

這裏挑選《西廂記》作為代表，是因為它知名度非常大，可能所有以唐人小說為靈感編成的戲劇中，現代中國讀者瞭解最多的就是《西廂記》。

唐人小說精彩個案：《馮燕傳》

這裏我們來分析唐人小說中的具體作品：沈下賢的《馮燕傳》。

我查了一些中國文學史著作，在談論唐人小說的篇章裏，沒一部著作談到《馮燕傳》。為什麼《馮燕傳》沒有受到文學史教授們的注意呢？

我想其中一個原因是因為它很短，它在唐人小說中屬於短篇作品，像《李娃傳》這些篇章，篇幅都是《馮燕傳》的好幾倍。但另外一個原因也許更重要，《馮燕傳》這個故事如果用比較保守的價值體系去衡量，你會發現很難對這個作品進行評價。

《馮燕傳》是一個涵蓋了俠義和情愛兩個主題的作品。而我覺得它主要反映了「義」。

選擇《馮燕傳》這樣一個普遍被文學史教授們忽略的短篇作品，來作為唐人小說的分析個案，我想是合適的，這比拿每一部文學史中都要提到的篇章比如《霍小玉傳》之類來作為個案，或許更為合適。

© CORBIS

《馮燕傳》的故事是這樣的：

有個叫馮燕的年輕人，會武功，懂時尚，風流倜儻，因為打抱不平獲罪，流亡到滑地，被當地軍政長官看中，做了軍官。女人們都特別喜歡他，所以馮燕又把昔日的風流浪漫表現出來，不久就和另一個軍官張嬰的美麗太太成了情人。張嬰是個酒鬼，不懂得憐香惜玉，所以張太太總是春閨寂寞，就跟馮燕有了婚外情。張嬰知道此事後，多次毆打太太，致使妻子家族對張嬰十分怨恨。

有一天張嬰又在外面酗酒，馮燕和張太太又一次幽會，不料張嬰酒醉歸來，馮燕趕忙逃走，但是頭巾還在枕邊；幸好張嬰大醉而臥，沒有發現，馮燕向張太太指著頭巾，意思是要張太太遞給他，免得留下痕跡；誰知張太太會錯了意，竟將枕邊張嬰的佩刀遞給了馮燕。馮燕向張太太看了幾眼，心想這個女人的心實在太狠毒了，他一瞬間就從愛轉為恨，就一刀砍下了張太太的頭，然後戴上頭巾走了。

第二天張嬰酒醒，發現妻子被殺，鄰居認為是張嬰殺的，就去通知他妻子家族，娘家的人憤然湧來，說：張嬰平時就經常毆打我女兒，還要誣衊她的清譽，這次竟將她殺害了！於是將張嬰扭送司法機關。由於各種證據都表明兇手就是張嬰（比如他經常毆打妻子、兇刀就是他的佩刀，等等），張嬰百口莫辯。那時候沒有什麼驗指紋之類的技術，如果有這個技術，應該在張嬰佩刀上找到兩個人以上的指紋，這樣張嬰就還有希望，但是那時候沒有這種技術。最後冤案成立，張嬰以殺人罪被判死刑。

最戲劇性的場面到來了：在張嬰被執行死刑的法場上，在上千人的圍觀下，馮燕出現了，他宣稱張嬰是無辜的，張太太是自己殺的。司法官帶著馮燕去見軍政長官賈耽，賈耽將此案據實上奏，並表示，寧願免去自己的官職，也要為馮燕贖罪。最後皇帝的敕令是將滑地全部死刑犯同時赦免。

這樣一件集香豔、義氣、豪邁、勇敢、寬仁於一體的轟動案件，要是放在今天，媒體必然發了瘋一樣報導，還要深入追蹤，挖掘各種各樣的八卦，對當事人進行無窮無盡的採訪，請法律專家、心理學家、社會學家等等出來評論。除了媒體連篇累牘的報導，多半還會拍成電視劇，甚至拍成電影；即使在還沒有這些玩意兒的唐代，它也不可能不在當時的流行文學中留下痕跡。那個時代的時尚文人沈下賢，為此寫了傳奇《馮燕傳》；著名詩人司空圖則創作了長篇敘事詩《馮燕歌》：

魏中義士有馮燕，遊俠幽並最少年，
避仇偶作滑台客，嘶風躍馬來翩翩。

北京故宮博物院

北京故宮博物院

（上圖）唐代騎馬狩獵俑。在《馮燕傳》的故事裏，馮燕是一名軍官，而唐代的騎兵俑可以幫我們想見馮燕的模樣。

此時恰遇鶯花月，堤上軒車畫不絕，
兩面高樓語笑聲，指點行人情暗結。
擲果潘郎誰不慕，朱門別見紅妝露，
故故推門掩不開，似教歐軋傳言語。
馮生敲鐙袖籠鞭，半拂垂楊半惹煙，
樹間春鳥知人意，的的心期暗與傳。
傳道張嬰偏嗜酒，從此香閨為我有，
梁間客燕正相欺，屋上鳴鳩空自鬥。
嬰歸醉臥非仇汝，豈知負過人懷懼，

（上圖）唐代陶俑。展現仕女
打馬球時的英姿。

燕依戶扇欲潛逃，巾在枕旁指令取。
誰言狠戾心能忍，待我情深情不隱，
回身本謂取巾難，倒柄方知授霜刃。
馮君撫劍即遲疑，自顧平生心不欺，
爾能負彼必相負，假手他人復在誰？
窗間紅豔猶可掬，熟視花鈿情不足，
唯將大義斷胸襟，粉頸初迴如切玉！
鳳凰釵碎各分飛，豔魄嬌魂何處追，
凌波如喚游金轂，羞彼揶揄淚滿衣。
新人藏匿舊人起，白晝喧呼駭鄰里，
誣執張嬰不自明，貴免生前遭考捶。
官將赴市擁紅塵，掉臂人來掔看人，
傳聲莫遣有冤濫，盜殺嬰家即我身！
初聞僚吏翻疑歎，呵叱風狂詞不變。
縲囚解縛猶自疑，疑是夢中方脫免。
未死勸君莫浪言，臨危不顧始知難，
已為不平能割愛，更將身命救深冤！
白馬賢侯賈相公，長懸金帛慕才雄，
拜章請贖馮燕罪，千古三河激義風。
黃河東注無時歇，注盡波瀾名不滅，
為感詞人沈下賢，長歌更與分明說。
此君精爽知猶在，長與人間留炯誡，
鑄作金燕香作堆，焚香酹酒聽歌來。

　　詩人認為馮燕的所作所為是難能可貴的，詩人相信，這個故事將千古傳誦。詩人強調的就是馮燕的「義」——他寧可將自己喜歡的女人殺了，來懲罰她的歹毒心腸；他甚至還願意犧牲自己的生命，來為情敵申不白之冤（「已為不平能割愛，更將身命救深冤」）。

（右圖）唐代墓室壁畫《宴飲圖》，描繪唐代郊野聚宴的情景。而《馮燕傳》中傳達的唐代豪放之氣，男性與婦女交往的開放，也可從圖中略窺一二。

65

從《馮燕傳》到《羅生門》

1950年，黑澤明導演的電影《羅生門》為他帶來了國際聲譽。次年《羅生門》榮獲威尼斯影展金獅獎及美國奧斯卡最佳外國影片獎，黑澤明從此聲名大噪，確立了他在世界導演中的重要地位。這也被認為是東方電影首次在國際電影節獲獎。

《羅生門》中武士被殺、武士妻子真砂失身一案，共有四種版本：兇手大盜多襄丸供認的版本、武士靈魂敘述的版本、真砂敘述的版本、目擊者樵夫所述的版本。評論《羅生門》的人，通常將注意力集中在兩個方面：一是影片中誰的說法是真相，二是導演究竟想表示什麼（言人人殊，據說黑澤明最後表示是「揭示人性中的虛飾——哪怕死後也不忘虛飾」）。但是我看《羅生門》，卻從中看到了《馮燕傳》的影子。

《羅生門》中武士的靈魂被召喚到法官面前，他陳述了案件的一種版本：真砂失身於大盜多襄丸後，要求多襄丸將武士殺掉，多襄丸聽後十分憤怒，遂將真砂踩在腳下，問武士這樣的女人該如何發落。武士心中暗想，這大盜倒還仗義，「也就是可饒恕的了」。不料問答之際，真砂忽然逃跑，多襄丸追去，武士萬念俱灰，遂自殺而死。

在這裏，多襄丸可以對應於馮燕，武士可以對應於張嬰，真砂則可以對應於張太太。女人的心腸如果太狠毒，會引起男人們共同的憤怒。

《羅生門》是根據芥川龍之介的小說改編的。在《羅生門》各個角色所述案件的四種版本中，前兩個版本出自「上等人」之口，版本背後的文化意蘊深厚一些，似乎也合情合理。可以推測，《馮燕傳》的故事，對於傾慕唐代文化千年之久的日本人來說，像芥川龍之介和黑澤明這樣的文化人，應該都是有機會讀到的。因此，當他們在寫作和導演《羅生門》時，這個故事的影子，有沒有可能曾經浮上他們的心頭呢？

退一步說，即使芥川龍之介和黑澤明根本就沒有讀過《馮燕傳》，電影問世之後，觀眾聯想到那個故事上去，也仍然

Corbis

（上圖）羅生門劇照。劇照中真砂的眉毛是平安朝時期婦女的畫法，也是從唐代婦女承襲而來。

（右圖）新疆唐墓出土的奕棋仕女圖

唐代婦女流行與眾不同，不僅是服飾更艷麗奔放，就連胭脂的塗抹與黛眉的畫法都要能夠標新立異。奕棋仕女圖中黛眉的畫法，便與羅生門的真砂相似。

是有意義的——因為無論東方西方，今人古人，人性中其實有著許多共同的東西。

通過《馮燕傳》這篇作品，以及前面介紹的唐人小說的四大主題，足以表明唐人小說是何等的多姿多采。僅看《馮燕傳》這篇文學史教授都不放在眼裏的短篇作品，就那麼好玩那麼有意思，足以想見唐人小說中的其他作品閱讀起來將是如何趣味盎然。

讓電影幫助我們想像唐朝

如果我們要想像唐代，除了去讀唐詩和《唐人小說》之外，還有一個途徑——讓電影幫助我們想像唐朝。

上面談到的電影《羅生門》，當然不是反映唐代生活的。能夠直接幫助我們想像唐朝的電影，我推薦《唐朝豪放女》（1984）和《天地英雄》（2003）。

這兩部影片中所營造的唐代風情畫卷，或者說唐代的氛圍、風俗等等，當然都是現代人想像的。他們想像這些東西時，需要查一些古代資料，然後根據掌握的資料編造這些故事，設計裏面的道具，比如說建築、日用器物等等。我為什麼推薦這兩部電影？主要是因為，我覺得他們想像的唐代風情，和我想像的很接近。那麼我的想像又有什麼根據呢？只是因為我喜歡唐朝，所以我讀唐詩，讀《唐人小說》，讀各種各樣的唐代史料。它們在我腦子裏留下了一個印象，讓我覺得唐代的社會應該是這樣的。我再看到這兩部電影所描繪的唐代社會風情，正是我腦子裏想像的，因此我推薦它們。所以我只能說，是我個人覺得這兩部電影能夠有助於我們想像唐朝。

當然也可能會有歷史學家出來說，這個電影裏有錯誤，某個道具不像，某個年份有出入，等等，這很可能會有。有些學歷史的人很喜歡這樣。但這裏我們是說讓電影幫助我們想像唐朝，不是將電影當作歷史教科書。

影片《唐朝豪放女》講的是唐朝著名女冠魚玄機的故事，

（右圖）唐代壁畫《胡騰舞圖》，陝西省西安市蘇思勗墓出土。圖中前排三人跪坐，分持豎琴、七弦琴和箜篌，後排二立者，一吹排簫，一為樂隊指揮。

影片中的魚玄機是一個相當具有反叛精神的女性，她的婢女綠翹也是風情萬種的女人。結果她和綠翹就發生了某種類似爭風吃醋的事，就把綠翹打死，埋屍在後院。但是被往來的文士無意中發現，於是事情敗露，面臨法律制裁。雖然有很多文士和大官為魚玄機說情，但是魚玄機還是被判了死刑（看來唐代還是相當法不容情）。這樣一個美貌、浪漫，在文學史上還能留下篇章和故事的美麗女冠，年紀輕輕就被處死，當然會讓人們有很多遐想。

電影《天地英雄》是大陸的出品，何平導演。這部電影想像的唐代故事也很不錯，男女主角由姜文和趙薇飾演。說唐代行進在西域的一支駝隊，表面上是運送佛經，實際上負有秘密使命，是要將一件稀世寶物——佛舍利——送往長安。兩股惡勢力都想劫奪佛舍利，而被朝廷通緝的逃犯李校尉，和追緝逃犯的秘密欽使來棲（日本人），卻最終成為駝隊的護法。路上發生了許多英勇豪邁的故事，就在惡勢力眼看必能得手的時刻，佛舍利放大光明，顯大神通，誅鋤眾惡，護佑善人——這隱喻著上天眷顧大唐，不讓眾惡得逞。最終佛舍利被送達長安，大唐帝國盛業宏開。這部電影對盛唐景象的想像，我認為是相當成功的。　　■

故事繪圖

柳毅傳

侯瑞寧

2002年開始插畫工作，愛用毛筆水墨畫食物跟各樣好看好玩的人。

2005、2007年被德國Archive雜誌評選為「200 Best Illustrators Worldwide」。

儀鳳中，有儒生柳毅者，應舉下第，將還湘濱。

念鄉人有客於涇陽者。遂往告別。

至六七里，鳥起馬驚，疾逸道左。又六七里，乃止。

因復謂曰：「吾不之子之牧羊，何所用哉？神祇豈宰殺乎？」
女曰：「非羊也，雨工也。」「何為雨工？」
曰：「雷霆之類也。」毅顧視之，則皆矯顧怒步，飲齕甚異。

洞庭之陰，果有社橘。遂易帶向樹，三擊而止。

始見台閣相向，門戶千萬，
奇草珍木，無所不有。
夫乃止毅，停於大室之隅，
曰：「客當居此以俟焉。」
毅曰：「此何所也。」
夫曰：「此靈虛殿也。」

俄而祥風慶雲，融融恰恰，
幢節玲瓏，簫韶以隨。
紅妝千萬，笑語熙熙，
後有一人，自然峨眉，
明璫滿身，綃縠參差。
迫而視之，乃前寄辭者。
然若喜若悲，零淚如絲。
須臾紅煙蔽其左，
紫氣舒其右，
香氣環旋，入於宮中。

君曰：「所殺幾何？」

曰：「六十萬。」「傷稼乎？」

曰：「八百里。」「無情郎安在？」

曰：「食之矣。」

相會之間，

笑謂毅曰：「君不憶余之於昔也？」

毅曰：「夙為洞庭君之女傳書，至今為憶。」

妻曰：「余即洞庭君之女也。」

經洞庭，晴晝長望，俄見碧山出於遠波。

指顧之際，山與舟相逼，乃有彩船自山馳來，迎問於暇。

原典選讀

《李娃傳》白行簡 原著

《馮燕傳》沈下賢 原著

《鶯鶯傳》元稹 原著

《任氏傳》沈既濟 原著

《枕中記》沈既濟 原著

李娃傳
白行簡

　　汧國夫人李娃，長安之倡女也。節行瑰奇，有足稱者。故監察御史白行簡為傳述。天寶中，有常州刺史滎陽公者，略其名氏，不書。時望甚崇，家徒甚殷。知命之年，有一子，始弱冠矣；雋朗有詞藻，迥然不群，深為時輩推伏。其父愛而器之，曰：「此吾家千里駒也。」應鄉賦秀才舉，將行，乃盛其服玩車馬之飾，計其京師薪儲之費。謂之曰：「吾觀爾之才，當一戰而霸。今備二載之用，且豐爾之給，將為其志也。」生亦自負，視上第如指掌。

　　自毗陵發，月餘抵長安，居於布政里。嘗游東市還，自平康東門入，將訪友於西南。至鳴珂曲，見一宅，門庭不甚廣，而室宇嚴邃。闔一扉，有娃方憑一雙鬟青衣立，妖姿要妙，絕代未有。生忽見之，不覺停驂久之，徘徊不能去。乃詐墜鞭於地，候其從者，勒取之。累眄於娃，娃回眸凝睇，情甚相慕。竟不敢措辭而去。

　　生自爾意若有失，乃密徵其友游長安之熟者，以訊之。友曰：「此狹邪女李氏宅也。」曰：「娃可求乎？」對曰：「李氏頗贍，前與通之者，多貴戚豪族，所得甚廣，非累百萬，不能動其志也。」生曰：「苟患其不諧，雖百萬，何惜。」他日，乃潔其衣服，盛賓從，而往扣其門。俄有侍兒啟扃。生曰：「此誰之第耶？」侍兒不答，馳走大呼曰：

「前時遺策郎也！」娃大悅曰：「爾姑止之。吾當整妝易服而出。」生聞之私喜。乃引至蕭牆間，見一姥垂白上僂，即娃母也。生跪拜前致詞曰：「聞茲地有隙院，願稅以居，信乎？」姥曰：「懼其淺陋湫隘，不足以辱長者所處，安敢言直耶。」延生於遲賓之館，館宇甚麗。與生偶坐，因曰：「某有女嬌小，技藝薄劣，欣見賓客，願將見之。」乃命娃出，明眸皓腕，舉步豔冶。生遽驚起，莫敢仰視。與之拜畢，敘寒燠，觸類妍媚，目所未睹。復坐，烹茶斟酒，器用甚潔。

久之，日暮，鼓聲四動。姥訪其居遠近。生紿之曰：「在延平門外數里。」冀其遠而見留也。姥曰：「鼓已發矣。當速歸，無犯禁。」生曰：「幸接歡笑，不知日之云夕，道里遼闊，城內又無親戚。將若之何？」娃曰：「不見責僻陋，方將居之，宿何害焉。」生數目姥。姥曰：「唯唯。」生乃召其家僮，持雙縑，請以備一宵之饌。娃笑而止之曰：「賓主之儀，且不然也。今夕之費，願以貧窶之家，隨其粗糲以進之。其餘以俟他辰。」固辭，終不許。

俄徙坐西堂，幃幕簾榻，煥然奪目；妝奩衾枕，亦皆侈麗。乃張燭進饌，品味甚盛。撤饌，姥起。生娃談話方切，詼諧調笑，無所不至。生曰：「前偶過卿門，遇卿適在屏間。厥後心常勤念，雖寢與

食，未嘗或捨。」娃答曰：「我心亦如之。」生曰：「今之來，非直求居而已。願償平生之志。但未知命也若何？」言未終，姥至，詢其故，具以告。姥笑曰：「男女之際，大欲存焉。情苟相得，雖父母之命，不能制也。女子固陋，曷足以薦君子之枕席？」生遂下階，拜而謝之曰：「願以己為廝養。」姥遂目之為郎，飲酺而散。及旦，盡徙其囊橐，因家於李之第。自是生屏跡戢身，不復與親知相聞。日會倡優儕類，狎戲遊宴。囊中盡空，乃鬻駿乘，及其家童。歲餘，資財僕馬蕩然。邇來姥意漸怠，娃情彌篤。

他日，娃謂生曰：「與郎相知一年，尚無孕嗣。常聞竹林神者，報應如響，將致薦酹求之，可乎？」生不知其計，大喜。乃質衣於肆，以備牢醴，與娃同謁祠宇而禱祝焉，信宿而返。策驢而後，至里北門，娃謂生曰：「此東轉小曲中，某之姨宅也。將憩而觀之，可乎？」生如其言，前行不逾百步，果見一車門。窺其際，甚弘敞。其青衣自車後止之曰：「至矣。」生下，適有一人出訪曰：「誰？」曰：「李娃也。」乃入告。俄有一嫗至，年可四十餘，與生相迎曰：「吾甥來否？」娃下車，嫗逆訪之曰：「何久疏絕？」相視而笑。娃引生拜之，既見，遂偕入西戟門偏院中。有山亭，竹樹蔥蒨，池榭幽絕。生謂娃曰：「此姨之私第耶？」笑

而不答，以他語對。俄獻茶果，甚珍奇。食頃，有一人控大宛，汗流馳至，曰：「姥遇暴疾頗甚，殆不識人。宜速歸。」娃謂姨曰：「方寸亂矣。某騎而前去，當令返乘，便與郎偕來。」生擬隨之。其姨與侍兒偶語，以手揮之，令生止於戶外，曰：「姥且歿矣。當與某議喪事以濟其急。奈何遽相隨而去？」乃止，共計其凶儀齋祭之用。

日晚，乘不至。姨言曰：「無復命，何也？郎驟往覘之，某當繼至。」生遂往，至舊宅，門扃鐍甚密，以泥緘之。生大駭，詰其鄰人。鄰人曰：「李本稅此而居，約已周矣。第主自收，姥徙居，而且再宿矣。」徵「徙何處？」曰：「不得其所。」生將馳赴宣陽，以詰其姨，日已晚矣，計程不能達。乃弛其裝服，質饌而食，賃榻而寢。生忿怒方甚，自昏達旦，目不交睫。質明，乃策蹇而去。既至，連扣其扉，食頃無人應。生大呼數四，有宦者徐出。生遽訪之：「姨氏在乎？」曰：「無之。」生曰：「昨暮在此，何故匿之？」訪其誰氏之第，曰：「此崔尚書宅。昨者有一人稅此院，云遲中表之遠至者，未暮去矣。」生惶惑發狂，罔知所措，因返訪布政舊邸。邸主哀而進膳。生怨懣，絕食三日，遘疾甚篤，旬餘愈甚。邸主懼其不起，徙之於凶肆之中。綿惙移時，合肆之人共傷歎而互飼之。後稍愈，杖而能起。由是凶肆日假令之執緦帷，獲其直以自

給。累月，漸復壯，每聽其哀歌，自歎不及逝者，輒嗚咽流涕，不能自止。歸則效之。生，聰敏者也。無何，曲盡其妙，雖長安無有倫比。

初，二肆之傭凶器者，互爭勝負。其東肆車輿皆奇麗，殆不敵，唯哀挽劣焉。其東肆長知生妙絕，乃醵錢二萬索雇焉。其黨耆舊，共較其所能者，陰教生新聲，而相讚和。累旬，人莫知之。其二肆長相謂曰：「我欲各閱所傭之器於天門街，以較優劣。不勝者罰直五萬，以備酒饌之用，可乎？」二肆許諾。乃邀立符契，署以保證，然後閱之。士女大和會，聚至數萬。於是里胥告於賊曹，賊曹聞於京尹。四方之士，盡赴趨焉，巷無居人。自旦閱之，及亭午，歷舉輦輿威儀之具，西肆皆不勝，師有慚色。乃置層榻於南隅，有長髯者，擁鐸而進，翊衛數人。於是奮髯揚眉，扼腕頓顙而登，乃歌《白馬》之詞；恃其夙勝，顧眄左右，旁若無人，齊聲讚揚之；自以為獨步一時，不可得而屈也。有頃，東肆長於北隅上設連榻，有烏巾少年，左右五六人，秉翣而至，即生也。整衣服，俯仰甚徐，申喉發調，容若不勝。乃歌《薤露》之章，舉聲清越，響振林木，曲度未終，聞者歔欷掩泣。西肆長為眾所誚，益慚恥。密置所輸之直於前，乃潛遁焉。四座愕眙，莫之測也。

先是，天子方下詔，俾外方之牧，歲一至闕下，

謂之入計。時也適遇生之父在京師，與同列者易服章竊往觀焉。有老豎，即生乳母婿也，見生之舉措辭氣，將認之而未敢，乃泫然流涕。生父驚而詰之。因告曰：「歌者之貌，酷似郎之亡子。」父曰：「吾子以多財為盜所害，奚至是耶？」言訖，亦泣。及歸，豎間馳往，訪於同黨曰：「向歌者誰？若斯之妙歟？」皆曰：「某氏之子。」徵其名，且易之矣，豎懍然大驚。徐往，迫而察之。生見豎色動，迴翔將匿於眾中。豎遂持其袂曰：「豈非某乎？」相持而泣。遂載以歸。至其室，父責曰：「志行若此，污辱吾門；何施面目，復相見也。」乃徒行出，至曲江西杏園東，去其衣服，以馬鞭鞭之數百。生不勝其苦而斃。父棄之而去。其師命相狎暱者陰隨之，歸告同黨，共加傷歎。令二人齎葦席瘞焉。至，則心下微溫。舉之，良久，氣稍通。因共荷而歸，以葦筒灌勺飲，經宿乃活。月餘，手足不能自舉。其楚撻之處皆潰爛，穢甚。同輩患之，一夕，棄於道周。行路咸傷之，往往投其餘食，得以充腸。十旬，方杖策而起。被布裘，裘有百結，襤褸如懸鶉。持一破甌，巡於閭里，以乞食為事。自秋徂冬，夜入於糞壤窟室，晝則周遊廛肆。

　　一旦大雪，生為凍餒所驅，冒雪而出，乞食之聲甚苦。聞見者莫不淒惻。時雪方甚，人家外戶多不

發。至安邑東門，循里垣北轉第七八，有一門獨啟左扉，即娃之第也。生不知之，遂連聲疾呼「饑凍之甚」，音響淒切，所不忍聽。娃自閨中聞之，謂侍兒曰：「此必生也，我辨其音矣。」連步而出。見生枯瘠疥癘，殆非人狀。娃意感焉，乃謂曰：「豈非某郎也？」生憤懣絕倒，口不能言，頷頤而已。娃前抱其頸，以繡襦擁而歸於西廂。失聲長慟曰：「令子一朝及此，我之罪也！」絕而復蘇。姥大駭奔至，曰：「何也？」娃曰：「某郎。」姥遽曰：「當逐之。奈何令至此？」娃斂容卻睇曰：「不然，此良家子也，當昔驅高車，持金裝，至某之室，不逾期而蕩盡。且互設詭計，捨而逐之，殆非人。令其失志，不得齒於人倫。父子之道，天性也。使其情絕，殺而棄之，又困躓若此。天下之人盡知為某也。生親戚滿朝，一旦當權者熟察其本末，禍將及矣。況欺天負人，鬼神不佑，無自貽其殃也。某為姥子，迨今有二十歲矣。計其貲，不啻直千金。今姥年六十餘，願計二十年衣食之用以贖身，當與此子別卜所詣。所詣非遙，晨昏得以溫清，某願足矣。」姥度其志不可奪，因許之。給姥之餘，有百金。北隅因五家稅一隙院。乃與生沐浴，易其衣服；為湯粥，通其腸；次以酥乳潤其臟。旬餘，方薦水陸之饌。頭巾履襪，皆取珍異者衣之。未數月，肌膚稍腴；卒歲，平愈如初。

異時，娃謂生曰：「體已康矣，志已壯矣。淵思寂慮，默想曩昔之藝業，可溫習乎？」生思之曰：「十得二三耳。」娃命車出遊，生騎而從。至旗亭南偏門鬻墳典之肆，令生揀而市之，計費百金，盡載以歸。因令生斥棄百慮以志學，俾夜作晝，孜孜矻矻。娃常偶坐，宵分乃寐。伺其疲倦，即諭之綴詩賦。二歲而業大就；海內文籍，莫不該覽。生謂娃曰：「可策名試藝矣。」娃曰：「未也，且令精熟，以俟百戰。」更一年，曰：「可行矣。」於是遂一上登甲科，聲振禮闈。雖前輩見其文，罔不斂衽敬羨，願友之而不可得。娃曰：「未也。今秀士，苟獲擢一科第，則自謂可以取中朝之顯職，擅天下之美名。子行穢跡鄙，不侔於他士。當礱淬利器，以求再捷。方可以連衡多士，爭霸群英。」生由是益自勤苦，聲價彌甚。其年，遇大比，詔徵四方之雋。生應直言極諫策科，名第一，授成都府參軍。三事以降，皆其友也。將之官，娃謂生曰：「今之復子本軀，某不相負也。願以殘年，歸養老姥。君當結媛鼎族，以奉蒸嘗。中外婚媾，無自黷也。勉思自愛，某從此去矣。」生泣曰：「子若棄我，當自剄以就死。」娃固辭不從，生勤請彌懇。娃曰：「送子涉江，至於劍門，當令我回。」生許諾。

月餘，至劍門。未及發而除書至，生父由常州詔入，拜成都尹，兼劍南採訪使。浹辰，父到。生

因投刺，謁於郵亭。父不敢認，見其祖父官諱，方大驚，命登階，撫背慟哭移時，曰：「吾與爾父子如初。」因詰其由，具陳其本末。大奇之，詰娃安在。曰：「送某至此，當令復還。」父曰：「不可。」翌日，命駕與生先之成都，留娃於劍門，築別館以處之。明日，命媒氏通二姓之好，備六禮以迎之，遂如秦晉之偶。娃既備禮，歲時伏臘，婦道甚修，治家嚴整，極為親所眷。向後數歲，生父母偕歿，持孝甚至。有靈芝產於倚廬，一穗三秀。本道上聞。又有白燕數十，巢其層甍。天子異之，寵錫加等。終制，累遷清顯之任。十年間，至數郡。娃封汧國夫人。有四子，皆為大官；其卑者猶為太原尹。弟兄姻媾皆甲門，內外隆盛，莫之與京。

嗟乎，倡蕩之姬，節行如是，雖古先烈女，不能逾也。焉得不為之歎息哉！予伯祖嘗牧晉州，轉戶部，為水陸運使，三任皆與生為代，故諳詳其事。貞元中，予與隴西公佐話婦人操烈之品格，因遂述汧國之事。公佐拊掌竦聽，命予為傳。乃握管濡翰，疏而存之。時乙亥歲秋八月，太原白行簡云。▉

馮燕者，魏豪人，父祖無聞名。燕少以意氣任，專為擊毬鬥雞戲。魏市有爭財鬥者，燕聞之往，搏殺不平，遂沈匿田間。官捕急，遂亡滑，益與滑軍中少年雞毬相得。時相國賈公耽在滑，能燕材，留屬中軍。

他日出行里中，見戶傍婦人，翳袖而望者，色甚冶，使人熟其意，遂室之。其夫，滑將張嬰者也。嬰聞其故，累毆妻。妻黨皆望嬰。會嬰從其類飲。燕伺得間，復偃寢中，拒寢戶。嬰還，妻開戶納嬰，以裙蔽燕，燕卑蹐步就蔽，轉匿戶扇後，而巾墮枕下，與佩刀近。嬰醉且瞑。燕指巾令其妻取，妻取刀授燕，燕熟視，斷其妻頸，遂持巾去。明旦，嬰起，見妻毀死，愕然，欲出自白。嬰鄰以為真嬰煞，留縛之。趨告妻黨，皆來，曰：「常嫉毆吾女，迺誣以過失，今復賊煞之矣，安得他殺事。即其他殺，安得獨存耶？」共持嬰，且百餘笞，遂不能言。官家收係煞人罪，莫有辨者，強伏其辜。司法官小吏持樸者數十人，將嬰就市，看者圍面千餘人。有一人排看者來，呼曰：「且無令不辜者死。吾竊其妻，而又煞之，當繫我。」吏執自言人，乃燕也。司法官與俱見賈公，盡以狀對。賈公以狀聞，請歸其印，以贖燕死。上誼之，下詔，凡滑城死罪皆免。

讚曰：「余尚太史言，而又好敘誼事。其賓黨耳

目之所聞見，而為余道。元和中，外郎劉元鼎語余以馮燕事，得傳焉。嗚呼！淫惑之心，有甚水火，可不畏哉！然而燕殺不誼，白不辜，真古豪矣。」▨

鶯鶯傳
元稹

　　貞元中，有張生者，性溫茂，美風容，內秉堅孤，非禮不可入。或朋從遊宴，擾雜其間，他人皆洶洶拳拳，若將不及，張生容順而已，終不能亂。以是年二十三，未嘗近女色。知者詰之，謝而言曰：「登徒子非好色者，是有凶行。餘真好色者，而適不我值。何以言之？大凡物之尤者，未嘗不留連於心，是知其非忘情者也。」詰者識之。

　　無幾何，張生遊於蒲，蒲之東十餘里，有僧舍曰普救寺，張生寓焉。適有崔氏孀婦，將歸長安，路出於蒲，亦止茲寺。崔氏婦，鄭女也。張出於鄭，緒其親，乃異派之從母。是歲，渾瑊薨於蒲，有中人丁文雅，不善於軍，軍人因喪而擾，大掠蒲人。崔氏之家，財產甚厚，多奴僕，旅寓惶駭，不知所託。先是張與蒲將之黨有善，請吏護之，遂不及於難。十餘日，廉使杜確將天子命以總戎節，令於軍，軍由是戢。鄭厚張之德甚，因飾饌以命張，中堂宴之。復謂張曰：「姨之孤嫠未亡，提攜幼稚。不幸屬師徒大潰，實不保其身。弱子幼女，猶君之生。豈可比常恩哉？今俾以仁兄禮奉見，冀所以報恩也。」命其子曰歡郎，可十餘歲，容甚溫美。次命女：「出拜爾兄，爾兄活爾。」久之，辭疾。鄭怒曰：「張兄保爾之命。不然，爾且擄矣。能復遠嫌乎？」久之，乃至。常服晬容，不加新飾，垂鬟接黛，雙臉銷紅而已。顏色豔異，光輝動人。張驚，

101

為之禮，因坐鄭旁。以鄭之抑而見也，凝睇怨絕，若不勝其體者。問其年紀。鄭曰：「今天子甲子歲之七月，終於貞元庚辰，生年十七矣。」張生稍以詞導之，不對。終席而罷。

　張自是惑之，願致其情，無由得也。崔之婢曰紅娘，生私為之禮者數四，乘間遂道其衷。婢果驚沮，腆然而奔。張生悔之。翌日，婢復至。張生乃羞而謝之，不復云所求矣。婢因謂張曰：「郎之言，所不敢言，亦不敢泄。然而崔之姻族，君所詳也。何不因其德而求娶焉？」張曰：「余始自孩提，性不苟合。或時紈綺閒居，曾莫流盼。不為當年，終有所蔽。昨日一席間，幾不自持。數日來，行忘止，食忘飽，恐不能逾旦暮，若因媒氏而娶，納采問名，則三數月間，索我於枯魚之肆矣。爾其謂何？」婢曰：「崔之貞慎自保，雖所尊不可以非語犯之。下人之謀，固難入矣。然而善屬文，往往沈吟章句，怨慕者久之。君試為喻情詩以亂之，不然，則無由也。」張大喜，立綴《春詞》二首以授之。

　是夕，紅娘復至，持彩箋以授張曰：「崔所命也。」題其篇曰《明月三五夜》，其詞曰：「待月西廂下，近風戶半開。拂牆花影動，疑是玉人來。」張亦微喻其旨。是夕，歲二月旬有四日矣。崔之東有杏花一株，攀援可逾。既望之夕，張因梯其樹而逾焉。達於西廂，則戶半開矣。紅娘寢於床。生因

驚之。紅娘駭曰：「郎何以至？」張因紿之曰：「崔氏之賤召我也，爾為我告之。」無幾，紅娘復來。連曰：「至矣！至矣！」張生且喜且駭，必謂獲濟。及崔至，則端服嚴容，大數張曰：「兄之恩，活我之家，厚矣。是以慈母以弱子幼女見託。奈何因不令之婢，致淫逸之詞。始以護人之亂為義，而終掠亂以求之。是以亂易亂，其去幾何？誠欲寢其詞，則保人之奸，不義。明之於母，則背人之惠，不祥。將寄於婢僕，又懼不得發其真誠。是用託短章，願自陳啟。猶懼兄之見難，是用鄙靡之詞，以求其必至。非禮之動，能不愧心。特願以禮自持，無及於亂！」言畢，翩然而逝。張自失者久之，復踰而出，於是絕望。

數夕，張生臨軒獨寢，忽有人覺之。驚駭而起，則紅娘斂衾攜枕而至。撫張曰：「至矣！至矣！睡何為哉？」並枕重衾而去。張生拭目危坐久之，猶疑夢寐。然而修謹以俟。俄而紅娘捧崔氏而至。至，則嬌羞融冶，力不能運支體，曩時端莊，不復同矣。是夕旬有八日也。斜月晶瑩，幽輝半牀。張生飄飄然，且疑神仙之徒，不謂從人間至矣。有頃，寺鐘鳴，天將曉。紅娘促去。崔氏嬌啼宛轉，紅娘又捧之而去，終夕無一言。張生辨色而興，自疑曰：「豈其夢邪？」及明，睹妝在臂，香在衣，淚光熒熒然，猶瑩於茵席而已。

是後又十餘日，杳不復知。張生賦《會真詩》三十韻，未畢，而紅娘適至，因授之，以貽崔氏。自是復容之。朝隱而出，暮隱而入，同安於曩所謂西廂者，幾一月矣。張生常詰鄭氏之情，則曰：「我不可奈何矣。」因欲就成之。無何，張生將之長安，先以情諭之。崔氏宛無難詞，然而愁怨之容動人矣。將行之再夕，不可復見，而張生遂西下。

數月，復遊於蒲，會於崔氏者又累月。崔氏甚工刀札，善屬文。求索再三，終不可見。往往張生自以文挑，亦不甚睹覽。大略崔之出人者，藝必窮極，而貌若不知；言則敏辯，而寡於酬對。待張之意甚厚，然未嘗以詞繼之。時愁豔幽邃，恒若不識，喜慍之容，亦罕形見。異時獨夜操琴，愁弄悽惻。張竊聽之。求之，則終不復鼓矣。以是愈惑之。張生俄以文調及期，又當西去。當去之夕，不復自言其情，愁歎於崔氏之側。崔已陰知將訣矣，恭貌怡聲，徐謂張曰：「始亂之，終棄之，固其宜矣。愚不敢恨。必也君亂之，君終之，君之惠也。則歿身之誓，其有終矣。又何必深感於此行？然而君既不懌，無以奉寧。君常謂我善鼓琴，向時羞顏，所不能及。今且往矣，既君此誠。」因命拂琴，鼓《霓裳羽衣》序，不數聲，哀音怨亂，不復知其是曲也。左右皆噓唏。崔亦遽止之，投琴，泣下流連，趨歸鄭所，遂不復至。明旦而張行。

明年，文戰不勝，張遂止於京，因贈書於崔，以廣其意。崔氏緘報之詞，粗載於此，曰：「捧覽來問，撫愛過深。兒女之情，悲喜交集。兼惠花勝一合，口脂五寸，致耀首膏脣之飾。雖荷殊恩，誰復為容？睹物增懷，但積悲歎耳。伏承使於京中就業，進修之道，固在便安。但恨僻陋之人，永以遐棄，命也如此，知復何言？自去秋已來，常忽忽如有所失。於喧嘩之下，或勉為語笑，閑宵自處，無不淚零。乃至夢寢之間，亦多感咽，離憂之思，綢繆繾綣，暫若尋常；幽會未終，驚魂已斷。雖半衾如暖，而思之甚遙。一昨拜辭，倏逾舊歲。長安行樂之地，觸緒牽情，何幸不忘幽微，眷念無斁。鄙薄之志，無以奉酬。至於終始之盟，則固不忒。鄙昔中表相因，或同宴處，婢僕見誘，遂致私誠。兒女之心，不能自固。君子有援琴之挑，鄙人無投梭之拒。及薦寢席，義盛意深。愚陋之情，永謂終託。豈期既見君子，而不能定情。致有自獻之羞，不復明侍巾幘。沒身永恨，含歎何言？倘仁人用心，俯遂幽眇，雖死之日，猶生之年。如或達士略情，捨小從大，以先配為醜行，以要盟為可欺。則當骨化形銷，丹誠不泯；因風委露，猶託清塵。存沒之誠，言盡於此。臨紙嗚咽，情不能申。千萬珍重，珍重千萬！玉環一枚，是兒嬰年所弄，寄充君子下體所佩。玉取其堅潤不渝，環取其終始不絕。

兼亂絲一絇，文竹茶碾子一枚。此數物不足見珍，意者欲君子如玉之真，敝志如環不解。淚痕在竹，愁緒縈絲。因物達情，永以為好耳。心邇身遐，拜會無期。幽憤所鍾，千里神合。千萬珍重！春風多厲，強飯為嘉。慎言自保，無以鄙為深念。」

張生發其書於所知，由是時人多聞之。所善楊巨源好屬詞，因為賦《崔娘詩》一絕云：「清潤潘郎玉不如，中庭蕙草雪銷初。風流才子多春思，腸斷蕭娘一紙書。」河南元稹亦續生《會真詩》三十韻，詩曰：

微月透簾櫳，螢光度碧空。

遙天初縹緲，低樹漸蔥蘢。

龍吹過庭竹，鸞歌拂井桐。

羅綃垂薄霧，環佩響輕風。

絳節隨金母，雲心捧玉童。

更深人悄悄，晨會雨濛濛。

珠瑩光文履，花明隱繡龍。

瑤釵行彩鳳，羅帔掩丹虹。

言自瑤華浦，將朝碧玉宮。

因遊洛城北，偶向宋家東。

戲調初微拒，柔情已暗通。

低鬟蟬影動，迴步玉塵蒙。

轉面流花雪，登床抱綺叢。

鴛鴦交頸舞，翡翠合歡籠。

眉黛羞偏聚，唇朱暖更融。

氣清蘭蕊馥，膚潤玉肌豐。

無力慵移腕，多嬌愛斂躬。

汗流珠點點，髮亂綠蔥蔥。

方喜千年會，俄聞五夜窮。

留連時有恨，繾綣意難終。

慢臉含愁態，芳詞誓素衷。

贈環明運合，留結表心同。

啼粉流宵鏡，殘燈遠暗蟲。

華光猶苒苒，旭日漸瞳瞳。

乘鶩還歸洛，吹簫亦上嵩。

衣香猶染麝，枕膩尚殘紅。

冪冪臨塘草，飄飄思渚蓬。

素琴鳴怨鶴，清漢望歸鴻。

海闊誠難渡，天高不易沖。

行雲無處所，蕭史在樓中。

　　張之友聞之者，莫不聳異之，然而張志亦絕矣。積特與張厚，因徵其詞。張曰：「大凡天之所命尤物也，不妖其身，必妖於人。使崔氏子遇合富貴，乘寵嬌，不為雲為雨，則為蛟為螭，吾不知其所變化矣。昔殷之辛，周之幽，據百萬之國，其勢甚厚。然而一女子敗之，潰其眾，屠其身，至今為天下僇笑。予之德不足以勝妖孽，是用忍情。」於時座者皆為深歎。

後歲餘，崔已委身於人，張亦有所娶。適經所居，乃因其夫言於崔，求以外兄見。夫語之，而崔終不為出。張怨念之誠，動於顏色，崔知之，潛賦一章，詞曰：「自從消瘦減容光，萬轉千迴懶下牀。不為旁人羞不起，為郎憔悴卻羞郎。」竟不之見。後數日，張生將行，又賦一章以謝絕云：「棄置今何道，當時且自親。還將舊時意，憐取眼前人。」自是，絕不復知矣。時人多許張為善補過者。予嘗於朋會之中，往往及此意者，夫使知者不為，為之者不惑。

貞元歲九月，執事李公垂，宿於予靖安里第，語及於是，公垂卓然稱異，遂為《鶯鶯歌》以傳之。崔氏小名鶯鶯，公垂以命篇。 ▨

任氏傳
沈既濟

　　任氏，女妖也。有韋使君者，名崟，第九，信安王禕之外孫。少落拓，好飲酒。其從父妹婿曰鄭六，不記其名。早習武藝，亦好酒色，貧無家，託身於妻族；與崟相得，遊處不間。

　　天寶九年夏六月，崟與鄭子偕行於長安陌中，將會飲於新昌里。至宣平之南，鄭子辭有故，請間去，繼至飲所。崟乘白馬而東。鄭子乘驢而南，入昇平之北門。偶值三婦人行於道中，中有白衣者，容色姝麗。鄭子見之驚悅，策其驢，忽先之，忽後之，將挑而未敢。白衣時時盼睞，意有所受。鄭子戲之曰：「美豔若此，而徒行，何也？」白衣笑曰：「有乘不解相假，不徒行何為？」鄭子曰：「劣乘不足以代佳人之步，今輒以相奉。某得步從，足矣。」相視大笑。同行者更相眩誘，稍已狎暱。鄭子隨之東，至樂遊園，已昏黑矣。見一宅，土垣車門，室宇甚嚴。白衣將入，顧曰：「願少踟躕。」而入。女奴從者一人，留於門屏間，問其姓第，鄭子既告，亦問之。對曰：「姓任氏，第二十。」少頃，延入。鄭縶驢於門，置帽於鞍。始見婦人年三十餘，與之承迎，即任氏姊也。列燭置膳，舉酒數觴。任氏更妝而出，酣飲極歡。夜久而寢，其嬌姿美質，歌笑態度，舉措皆豔，殆非人世所有。將曉，任氏曰：「可去矣。某兄弟名係教坊，職屬南衙，晨興將出，不可淹留。」乃約後期而去。

既行，及里門，門扃未發。門旁有胡人鬻餅之舍，方張燈熾爐。鄭子憩其簾下，坐以候鼓，因與主人言。鄭子指宿所以問之曰：「自此東轉，有門者，誰氏之宅？」主人曰：「此隤墉棄地，無第宅也。」鄭子曰：「適過之，曷以云無？」與之固爭。主人適悟，乃曰：「吁！我知之矣。此中有一狐，多誘男子偶宿，嘗三見矣，今子亦遇乎？」鄭子赧而隱曰：「無。」質明，復視其所，見土垣車門如故。窺其中，皆蓁荒及廢圃耳。既歸，見崟。崟責以失期。鄭子不泄，以他事對。然想其豔冶，願復一見之心，嘗存之不忘。

經十許日，鄭子遊，入西市衣肆，瞥然見之，曩女奴從。鄭子遽呼之。任氏側身周旋於稠人中以避焉。鄭子連呼前迫，方背立，以扇障其後，曰：「公知之，何相近焉？」鄭子曰：「雖知之，何患？」對曰：「事可愧恥。難施面目。」鄭子曰：「勤想如是，忍相棄乎？」對曰：「安敢棄也，懼公之見惡耳。」鄭子發誓，詞旨益切。任氏乃迴眸去扇，光彩豔麗如初。謂鄭子曰：「人間如某之比者非一，公自不識耳，無獨怪也。」鄭子請之與敘歡。對曰：「凡某之流，為人惡忌者，非他，為其傷人耳。某則不然。若公未見惡，願終己以奉巾櫛。」鄭子許與謀棲止。任氏曰：「從此而東，大樹出於棟間者，門巷幽靜，可稅以居。前時自宣平

之南，乘白馬而東者，非君妻之昆弟乎？其家多什器，可以假用。」是時崟伯叔從役於四方，三院什器，皆貯藏之。鄭子如言訪其舍，而詣崟假什器。問其所用。鄭子曰：「新獲一麗人，已稅得其舍，假具以備用。」崟笑曰：「觀子之貌，必獲詭陋。何麗之絕也。」崟乃悉假帷帳榻席之具，使家僮之惠黠者，隨以覘之。俄而奔走返命，氣吁汗洽。崟迎問之：「有乎？」又問：「容若何？」曰：「奇怪也！天下未嘗見之矣。」崟姻族廣茂，且夙從逸遊，多識美麗。乃問曰：「孰若某美？」僮曰：「非其倫也！」崟遍比其佳者四五人，皆曰：「非其倫。」是時吳王之女有第六者，則崟之內妹，穠豔如神仙，中表素推第一。崟問曰：「孰與吳王家第六女美？」又曰：「非其倫也。」崟撫手大駭曰：「天下豈有斯人乎？」遽命汲水澡頸，巾首膏唇而往。

　　既至，鄭子適出。崟入門，見小僮擁篲方掃，有一女奴在其門，他無所見。徵於小僮。小僮笑曰：「無之。」崟周視室內，見紅裳出於戶下。迫而察焉，見任氏戢身匿於扇間。崟引出就明而觀之，殆過於所傳矣。崟愛之發狂，乃擁而凌之，不服。崟以力制之，方急，則曰：「服矣。請少迴旋。」既從，則捍禦如初，如是者數四。崟乃悉力急持之。任氏力竭，汗若濡雨。自度不免，乃縱體不復拒抗，而神色慘變。崟問曰：「何色之不悅？」任氏

長歎息曰：「鄭六之可哀也！」崟曰：「何謂？」對曰：「鄭生有六尺之軀，而不能庇一婦人，豈丈夫哉！且公少豪侈，多獲佳麗，遇某之比者眾矣。而鄭生，窮賤耳。所稱愜者，唯某而已。忍以有餘之心，而奪人之不足乎？哀其窮餒，不能自立，衣公之衣，食公之食，故為公所繫耳。若糠糗可給，不當至是。」崟豪俊有義烈，聞其言，遽置之，斂衽而謝曰：「不敢。」俄而鄭子至，與崟相視咍樂。

自是，凡任氏之薪粒牲餼，皆崟給焉。任氏時有經過，出入或車馬輿步，不常所止。崟日與之遊，甚歡。每相狎暱，無所不至，唯不及亂而已。是以崟愛之重之，無所吝惜，一食一飲，未嘗忘焉。任氏知其愛己，言以謝曰：「愧公之見愛甚矣。顧以陋質，不足以答厚意。且不能負鄭生，故不得遂公歡。某，秦人也，生長秦城；家本伶倫，中表姻族，多為人寵媵，以是長安狹斜，悉與之通。或有姝麗，悅而不得者，為公致之可矣。願持此以報德。」崟曰：「幸甚！」

鄽中有鬻衣之婦曰張十五娘者，肌體凝潔，崟常悅之。因問任氏識之乎。對曰：「是某表娣妹，致之易耳。」旬餘，果致之，數月厭罷。任氏曰：「市人易致，不足以展效。或有幽絕之難謀者，試言之，願得盡智力焉。」崟曰：「昨者寒食，與二三子遊於千福寺。見刁將軍緬張樂於殿堂。有善吹笙

者，年二八，雙鬟垂耳，嬌姿豔絕。當識之乎？」任氏曰：「此寵奴也。其母，即妾之內姊也。求之可也。」崟拜於席下。任氏許之，乃出入刁家。月餘，崟促問其計。任氏願得雙縑以為賂。崟依給焉。後二日，任氏與崟方食，而緬使蒼頭控青驪以迓任氏。任氏聞召，笑謂崟曰：「諧矣。」初，任氏加寵奴以病，針餌莫減。其母與緬憂之方甚，將徵諸巫。任氏密賂巫者，指其所居，使言從就為吉。及視疾，巫曰：「不利在家，宜出居東南某所，以取生氣。」緬與其母詳其地，則任氏之第在焉。緬遂請居。任氏謬辭以逼狹，勤請而後許。乃輦服玩，並其母偕送於任氏。至，則疾愈。未數日，任氏密引崟以通之，經月乃孕。其母懼，遽歸以就緬，由是遂絕。

他日，任氏謂鄭子曰：「公能致錢五六千乎？將為謀利。」鄭子曰：「可。」遂假求於人，獲錢六千。任氏曰：「鬻馬於市者，馬之股有疵，可買入居之。」鄭子如市，果見一人牽馬求售者，眚在左股。鄭子買以歸。其妻昆弟皆嗤之，曰：「是棄物也。買將何為？」無何，任氏曰：「馬可鬻矣，當獲三萬。」鄭子乃賣之。有酬二萬，鄭子不與。一市盡曰：「彼何苦而貴賣，此何愛而不鬻？」鄭子乘之以歸；買者隨至其門，累增其估，至二萬五千也。不與，曰：「非三萬不鬻。」其妻昆弟聚

而詬之。鄭子不獲已，遂賣，卒不登三萬。既而密伺買者，徵其由，乃昭應縣之御馬疕股者，死三歲矣，斯吏不時除籍。官徵其估，計錢六萬。設其以半買之，所獲尚多矣。若有馬以備數，則三年芻粟之估，皆吏得之。且所償蓋寡，是以買耳。任氏又以衣服故弊，乞衣於崟。崟將買全綵與之。任氏不欲，曰：「願得成製者。」崟召市人張大為買之，使見任氏，問所欲。張大見之，驚謂崟曰：「此必天人貴戚，為郎所竊。且非人間所宜有者，願速歸之，無及於禍。」其容色之動人也如此。竟買衣之成者而不自紉縫也，不曉其意。

後歲餘，鄭子武調，授槐里府果毅尉，在金城縣。時鄭子方有妻室，雖晝遊於外，而夜寢於內，多恨不得專其夕。將之官，邀與任氏俱去。任氏不欲往，曰：「旬月同行，不足以為歡。請計給糧餼，端居以遲歸。」鄭子懇請，任氏愈不可。鄭子乃求崟資助。崟與更勸勉，且詰其故。任氏良久曰：「有巫者言某是歲不利西行，故不欲耳。」鄭子甚惑也，不思其他，與崟大笑曰：「明智若此，而為妖惑，何哉！」固請之。任氏曰：「倘巫者言可徵，徒為公死，何益？」二子曰：「豈有斯理乎？」懇請如初。任氏不得已，遂行。崟以馬借之，出祖於臨皋，揮袂別去。信宿，至馬嵬。任氏乘馬居其前，鄭子乘驢居其後；女奴別乘，又在其後。是時

西門圉人教獵狗於洛川，已旬日矣。適值於道，蒼犬騰出於草間。鄭子見任氏欻然墜於地，復本形而南馳。蒼犬逐之。鄭子隨走叫呼，不能止。里餘，為犬所獲。鄭子銜涕出囊中錢，贖以瘞之，削木為記。回睹其馬，齧草於路隅，衣服悉委於鞍上，履襪猶懸於鐙間，若蟬蛻然。唯首飾墜地，餘無所見。女奴亦逝矣。

旬餘，鄭子還城。崟見之喜，迎問曰：「任子無恙乎？」鄭子泫然對曰：「歿矣。」崟聞之亦慟，相持於室，盡哀。徐問疾故。答曰：「為犬所害。」崟曰：「犬雖猛，安能害人？」答曰：「非人。」崟駭曰：「非人，何者？」鄭子方述本末。崟驚訝歎息不能已。明日，命駕與鄭子俱適馬嵬，發瘞視之，長慟而歸。追思前事，唯衣不自製，與人頗異焉。其後鄭子為總監使，家甚富，有櫪馬十餘匹。年六十五，卒。

大曆中，沈既濟居鍾陵，嘗與崟遊，屢言其事，故最詳悉。後崟為殿中侍御史，兼隴州刺史，遂歿而不返。嗟乎，異物之情也有人焉！遇暴不失節，徇人以至死，雖今婦人，有不如者矣。惜鄭生非精人，徒悅其色而不徵其情性。向使淵識之士，必能揉變化之理，察神人之際，著文章之美，傳要妙之情，不止於賞翫風態而已。惜哉！

建中二年，既濟自左拾遺於金吳。將軍裴冀，

京兆少尹孫成，戶部郎中崔需，右拾遺陸淳皆適居東南，自秦徂吳，水陸同道。時前拾遺朱放因旅遊而隨焉。浮潁涉淮，方舟沿流，晝讌夜話，各徵其異說。眾君子聞任氏之事，共深歎駭，因請既濟傳之，以志異云。沈既濟撰。

枕中記
沈既濟

開元七年，道士有呂翁者，得神仙術，行邯鄲道中，息邸舍，攝帽弛帶隱囊而坐。俄見旅中少年，乃盧生也。衣短褐，乘青駒，將適於田，亦止於邸中，與翁共席而坐，言笑殊暢。

久之，盧生顧其衣裝敝褻，乃長歎息曰：「大丈夫生世不諧，困如是也！」翁曰：「觀子形體，無苦無恙，談諧方適，而歎其困者，何也？」生曰：「吾此苟生耳。何適之謂？」翁曰：「此不謂適，而何謂適？」答曰：「士之生世，當建功樹名，出將入相，列鼎而食，選聲而聽，使族益昌而家益肥，然後可以言適乎。吾嘗志於學，富於游藝，自惟當年青紫可拾。今已適壯，猶勤畎畝，非困而何？」言訖，而目昏思寐。時主人方蒸黍。翁乃探囊中枕以授之，曰：「子枕吾枕，當令子榮適如志。」其枕青 ，而竅其兩端。生俛首就之，見其竅漸大，明朗。乃舉身而入，遂至其家。

數月，娶清河崔氏女，女容甚麗，生資愈厚。生大悅，由是衣裝服馭，日益鮮盛。明年，舉進士，登第；釋褐秘校；應制，轉渭南尉，俄遷監察御史；轉起居舍人，知制誥。三載，出典同州，遷陝牧。生性好土功，自陝西鑿河八十里，以濟不通，邦人利之，刻石紀德。移節汴州，領河南道採訪使，徵為京兆尹。是歲，神武皇帝方事戎狄，恢宏土宇。會吐蕃悉抹邏及燭龍莽布支攻陷瓜沙，而

節度使王君㚟新被殺，河湟震動。帝思將帥之才，遂除生御史中丞、河西節度使。大破戎虜，斬首七千級，開地九百里，築三大城以遮要害，邊人立石於居延山以頌之。歸朝冊勳，恩禮極盛，轉吏部侍郎，遷戶部尚書兼御史大夫。時望清重，群情翕習。大為時宰所忌，以飛語中之，貶為端州刺史。三年，徵為常侍。未幾，同中書門下平章事。與蕭中令嵩、裴侍中光庭同執大政十餘年，嘉謨密令，一日三接，獻替啟沃，號為賢相。同列害之，復誣與邊將交結，所圖不軌。制下獄。府吏引從至其門而急收之。生惶駭不測，謂妻子曰：「吾家山東，有良田五頃，足以禦寒餒，何苦求祿？而今及此，思短褐、乘青駒，行邯鄲道中，不可得也！」引刃自刎。其妻救之，獲免。其罹者皆死，獨生為中官保之，減罪死，投驩州。數年，帝知冤，復追為中書令，封燕國公，恩旨殊異。

生五子：曰儉，曰傳，曰位，曰倜，曰倚，皆有才器。儉進士登第，為考功員外；傳為侍御史；位為太常丞；倜為萬年尉；倚最賢，年二十八，為左襄。其姻媾皆天下望族。有孫十餘人。兩竄荒徼，再登台鉉，出入中外，徊翔台閣，五十餘年，崇盛赫奕。性頗奢蕩，甚好佚樂，後庭聲色，皆第一綺麗，前後賜良田、甲第、佳人、名馬，不可勝數。後年漸衰邁，屢乞骸骨，不許。病，中人候問，

相踵於道，名醫上藥，無不至焉。將歿，上疏曰：「臣本山東諸生，以田圃為娛。偶逢聖運，得列官敘。過蒙殊獎，特秩鴻私，出擁節旄，入升台輔，周旋內外，綿歷歲時。有忝天恩，無裨聖化。負乘貽寇，履薄增憂，日懼一日，不知老至。今年逾八十，位極三事，鐘漏並歇，筋骸俱耄，彌留沈頓，待時益盡。顧無成效，上答休明，空負深恩，永辭聖代。無任感戀之至。謹奉表陳謝。」詔曰：「卿以俊德，作朕元輔。出擁藩翰，入贊雍熙。昇平二紀，實卿所賴，比嬰疾疹，日謂痊平。豈斯沈痼，良用憫惻。今令驃騎大將軍高力士就第候省。其勉加鍼石，為予自愛。猶冀無妄，期於有瘳。」是夕，薨。

　　盧生欠伸而悟，見其身方偃於邸舍，呂翁坐其傍，主人蒸黍未熟，觸類如故。生蹶然而興，曰：「豈其夢寐也？」翁謂生曰：「人生之適，亦如是矣。」生憮然良久，謝曰：「夫寵辱之道，窮達之運，得喪之理，死生之情，盡知之矣。此先生所以窒吾欲也。敢不受教！」稽首再拜而去。

這本書的譜系
Related Reading

《霍小玉傳》

作者：蔣防　朝代：唐

此傳寫詩人李益與名妓霍小玉先合後決的悲劇。此篇小說為被遺棄的女性發聲，對於男子嫌貧愛富不忠於愛情的卑劣行為作出批評，也點明了古代傳統女性在兩性關係下的弱勢。

《李娃傳》

作者：白行簡　朝代：唐

傳中述榮陽公子戀一娼女李娃的故事。此傳布局嚴謹，富戲劇性，對市民生活描述鮮明，對人物刻畫又極為深入，擁有高明的小說技巧。

《鶯鶯傳》

作者：元稹　朝代：唐

《鶯鶯傳》亦名《會真記》，寫張生與崔鶯鶯私戀終至訣別的悲劇故事。此傳的最大成就，在於成功描述出一部古代傳統的名門閨秀，為爭取自由愛情卻終歸失敗的女性悲劇。

《碾玉觀音》

作者：佚名　朝代：南宋

《京本通俗小說》中所收錄的《碾玉觀音》屬宋白話小說的上乘之作。歌詠愛情的主題在歷來的文學作品中雖多有表現，但此篇奇巧的情節，生動的人物描寫，皆一改中國短篇小說之風貌。

《志誠張主管》

作者：佚名　朝代：南宋

此篇小說描寫一位青年女子，因不滿被玩弄的生活，勇於追求愛情的故事。對於當時封建體系的衝撞，更提高了其藝術成就與價值。

《西廂記》

作者：王實甫　朝代：元

此劇以董西廂為底本，在體裁上由諸宮調改編為雜劇。會真記的故事，到了此時結構最為完整，戲劇張力也最強。故事結局由悲劇改為喜劇，表達出願天下有情人終成眷屬的理想。

《唐明皇秋夜梧桐雨》

作者：白樸　朝代：元

梧桐雨寫明皇和楊貴妃故事，白樸一面歌頌明皇、貴妃的愛情，一面痛批統治者的無能。句中文詞的優美，展現出鑄鎔鍛鍊的功力。

《琵琶記》

作者：高明　朝代：元末明初

講述蔡伯喈與趙五娘的愛情故事，蔡伯喈代表了中國知識分子的軟弱和複雜心理；趙五娘則真實的反映出禮教之下的女性生活。此劇代表了南戲最高藝術成就，故被推為南戲之祖，可謂南戲發展史的里程碑。

《牡丹亭》

作者：湯顯祖　朝代：明

《牡丹亭》又稱《還魂記》，全劇共五十五齣，是明代傳奇少有的長篇。《牡丹亭》描寫杜麗娘與柳夢梅的生死之戀，不僅在女性的心理掀起了波瀾，在男性的內心世界也得到共鳴。其中的驚夢一齣，更成為昆劇最具代表性的劇目，被長期嘆賞與吟唱。

《杜十娘怒沉百寶箱》

作者：馮夢龍　朝代：明

《杜十娘怒沉百寶箱》是馮夢龍《警世通言》中的名篇，故事講述名妓杜十娘對恩客李甲動了真情，但最後卻遭受背叛，憤而抱著百寶箱投江。生動刻劃出一個追求愛情與尊嚴的剛烈女子。

《金瓶梅》

作者：蘭陵笑笑生　朝代：明

《金瓶梅》是一部描寫市井人物家庭生活的小說，其中對男女之事的露骨描寫，開啟了豔情小說的先河。小說根據《水滸傳》中西門慶勾引潘金蓮的情節展開，詳盡地描繪了潘金蓮、李瓶兒和春梅三個女子之間，為爭奪愛情而展開的明爭暗鬥。

《紅樓夢》

作者：曹雪芹　朝代：清

《紅樓夢》原名《石頭記》，故事的每一個章回皆環環相扣，扣人心弦，且成功地塑造了多位個性鮮明、生動的人物。曹雪芹細膩地描述出君權時代貴族家庭的興衰變化，使該書成為中國古典小說現實主義發展的頂峰。

延伸的書、音樂、影像
Books, Audio & Videos

《唐人小說》

作者：汪辟疆 校錄

出版社：上海古籍出版社，1978年

為收錄唐人小說的重要之作，並經過作者的校訂和考釋。

《中國小說史略》

作者：魯迅

出版社：上海古籍出版社，2006年

敘述中國古代小說發生、發展、演變的過程，是中國第一部小說專史。將各種類型的小說及其發展，放到當時各種社會條件下進行考察，描繪出一條數千年中國小說進行的脈絡。

《唐宋傳奇選》

作者：張友鶴 選注

出版社：人民文學出版社，1997年

本書是唐代和宋代「傳奇」文學的選集，選錄了數十篇相當具有代表性的作。唐宋傳奇作品在中國小說史上的地位，有著承先啟後的作用，影響最為顯著。元、明、清三朝的小說和戲曲大量地向傳奇故事汲取了題材原料，很多著名戲曲皆是取材自唐人傳奇所提供的人物或情節。

《唐代傳奇：聶隱娘》

作者：蔡志忠

出版社：時報文化，1996年

故事敘述大將聶鋒的女兒聶隱娘，在十歲那年被一名尼姑強行帶走。五年後，她返回家中，但卻變了一個人。她學會各種劍術，變成了為民除害的俠女。漫畫家蔡志忠以生動的筆法，呈現出這篇唐人傳奇的俠女故事。

《天地英雄》

導演：何平

主演：姜文、中井貴一、趙薇、王學圻、周韻

在通往中東及歐亞大陸的絲綢之路上，一支駝隊伍正在西域遼闊的土地上行進。表面上，他們押運的是大唐皇帝的十萬卷佛經，實際上是要運送稀世珍寶—佛骨舍利到長安。途中，朝廷通緝的逃犯李校尉，和追捕逃犯的秘密欽使來棲，成為駝隊的護法。最終，佛骨被送抵長安，眾多高僧迎接，從此便開啟了大唐帝國的盛世。

《唐朝豪放女》

導演：方令正

主演：夏文汐、萬梓良、張國柱、古峰、林凱玲

本片榮獲1984年金馬獎最佳美術設計獎項，以及第四屆香港電影金像獎最佳女配角提名。由方令正導演，拍攝唐朝才女魚玄機的風流韻事，內容具有同性及異性戀的混淆，兼有古代男女關係的探索。

《歷代中國音樂・唐》

表演者：魏蔚、李玲玲、黃桂芳、朱潤福、李洋霆等

出版社：中國科學文化音像出版社

《歷代中國音樂》為古樂器原品原聲系列，集合湖北編鐘樂團、中央民族樂團、上海民族樂團等，呈現盛唐霓裳羽衣華美樂章。

《胡旋舞》

演出者：莎朗・貝札莉（Sharon Bezaly）

發行公司：上揚，2009年

《胡旋舞》舞蹈伴奏以鼓為主，舞蹈特點是快速連續的多圈旋轉。旋轉舞動之急速，致使觀眾難分背與面。本曲是專為西洋長笛與國樂團而創作的作品，完成於2007年，並於同年十一月由作者鍾耀光親自指揮台北市立國樂團於台北市中山堂世界首演，由國際長笛演奏家Sharon Bezaly擔任長笛獨奏。

經典3.0
ClassicsNow.net

想像唐朝 唐人小說

原著：白行簡等
導讀：江曉原
故事繪圖：侯瑞寧

策畫：郝明義
主編：徐淑卿
美術設計：張士勇
編輯：李佳姍
圖片編輯：陳怡慈
編輯助理：崔瑋娟
美術編輯：倪孟慧 戴妙容
邊欄短文寫作：何宜倫
校對：呂佳真

感謝北京故宮博物院對本書之圖片內容提供特別支持與協助

企畫：網路與書股份有限公司
出版者：大塊文化出版股份有限公司
台北市10550南京東路四段25號11樓
www.locuspublishing.com
讀者服務專線：0800-006689
TEL：886-2-87123898　FAX：886-2-87123897
郵撥帳號：18955675
戶名：大塊文化出版股份有限公司
法律顧問：全理法律事務所董安丹律師
版權所有　翻印必究

總經銷：大和書報圖書股份有限公司
地址：台北縣新莊市五工五路2號
TEL：886-2-8990-2588　FAX：886-2-2290-1658
製版：瑞豐實業股份有限公司
初版一刷：2010年5月
定價：新台幣220元
Printed in Taiwan

想像唐朝《唐人小說》 ＝ The novels of Tang
Dynasty / 白行簡等原著；江曉原導讀；侯
瑞寧故事繪圖. -- 初版. -- 臺北市：大塊文化，
2010.05
　　面；　公分. -- (經典 3.0；008)

　　ISBN 978-986-213-177-0(平裝)

857.4　　　　　　　　　99004724